ヲンネヒヨルゲンブックサンジ

宮村 真治

文芸社

目次

私が病気の時

病気で寝ている時にはよくバカみたいなことが、枕《まくら》のかげやふとんが山なりになってできた洞窟《どうくつ》の中の奥の方で、明りが点《つ》いたりして起こるものです。たいがい何だろうと思って自分もふとんの中にもぐってみると、それは消えてしまうものです。

ところが消えないことも数百《すうひゃ》っぺんに一回はあるのだと、ある学者《がくしゃ》が言っていました。まあこの学者自体何者か、あまり有名ではないので本当のところはよく知りませんが、「数百っぺんに一回」のこの「一回」に巡《めぐ》り合えれば、どんな病気でも必ず治《なお》ってしまうのだと、会ったこともない顔も知らない私に、なぜか手紙まで（全部で十二通も）よこしてくるのですから、まあ信じてもいいのでしょう。というよりは、このあと私は実際《じっさい》にそういう目にあったのです。

五月三十一日の土曜日の夕方、私はヌイリ風邪《かぜ》にかかって寝込んで四日目が経《た》っていました。部屋は薄暗く、カーテンも閉めきって、『グヌーウ、グヌーウ…』と近くの池でウシガエルが鳴いているのが聞こえるだけでした。

私が病気の時

　私は学者のよこした十二通の手紙をきれいに角《かど》をそろえてプラスチックの箱に大事《だいじ》にしまっていました。そして寝込んでいる間《あいだ》中《じゅう》ずっとそれを眺めてから、時々枕のかげや山なりのふとんの中をそっとのぞいてみるのでした。

　でも何度のぞいてもやっぱりまったく明りは点きませんし、汗はダラダラ額《ひたい》に溜《た》まって熱もいっこうに下がりません。

「四日も待ったのに、学者の言うこともたいしたことないな。やっぱり有名な学者じゃないな…」

　私はそう言って仕方なく普通《ふつう》の風邪薬を手に持って、手紙を乱暴に箱の中に放り投げました。すると十二通の手紙のうち下の五通が怒ってドロドロと溶《と》け出したので、私は驚《おどろ》いて飲みかけた風邪薬を全部吐き出してしまいました。

『アァ、アッタアッタ、マニアッタ。ヤット着イタ。コノフトンダ…』

　驚いている時、突然こんな声がしたら誰でもまた驚くでしょう。私も確《たし》かにそうでしたが、同時に「もしかして…」と思いました。それでふとんの中をそっとのぞいてみますと、やっぱり思ったとおりに明りが点いていたのです。大きくて青白《あおじろ》い目玉のような明りが二つ、すぐに消えるのかと心配でしたが、どうやら学者の言っていた「一回」にようやく巡り合えたようでした。

『オオゥイ、ソレジャア早イトコ乗ッテクレェ！　手紙ヲ忘レルナア!!』

その目玉のような明りは、私が昔壊《むかしこわ》して捨てたおもちゃの二階建《だ》てバスのライトで、しばらく待っていると私の顔の下まで慎重《しんちょう》に近づいてきてそう言いました。

「おおぅい、こんなに小さくちゃあ乗れない乗れない！」

手紙をしっかり持って、私は半分照れながらバスに向かって言いました。

「モウ、乗ッテル乗ッテル！」

今度は近くではっきりとした大きな声がして、パッとふとんから顔を出すと私の部屋の勉強机《べんきょうづくえ》に向かって誰かが座っていたのです。一度会ったことのあるような、いや…、でも初めて会うような人でした。その人は机の上の電気スタンドを点けて何か運転しているようで、その運転手が「シュッパーツ!!」と言うと私の部屋はブォーウン、ドドドーとゆれるのでした。

「オ客サン、手紙ワ持ッテキマシタカ《きましたか》？　ソコニイル小人《こびと》ニ渡シテ下サイ」

そう言われて私がキョロキョロしていると、

『おまえよくも昔、このバス捨《す》ててくれたな！　まだ忘れてないぞ！　おまえが壊してすごく痛《いた》かったんだぞ!!』

親指ぐらいの意地悪《いじわる》そうな小人が次々とおもちゃのバスから降りてきてミーミーと文句を言ってきました。

『おかげでその時ライトがダメになったんだ！　一度点いてもすぐまた消えてしまうから、危《あぶ》なくてなかなかふとんの外まで出てこられない!!　明りが消えないでふとんの外まで無事《ぶじ》に出られるのなんて数百っぺんに一回ぐらいだ!!』

　小人の数をかぞえると十二人いました。私は謝《あやま》りながらなんとか手紙を受け取ってもらいましたが、まだ何か気に入らなかったようでミーミー言ってきました。

『やい、これじゃあ足《た》りないじゃないか！』

　一通ずつ手紙を受け取った七人の小人はホクホク喜《よろこ》んで、手紙に抱《だ》きついたままドロドロとふとんの中に溶《と》けていきましたが、手紙を貰《もら》えなかった五人の小人はすっかり腹を立てて、私を恨《うら》めしそうににらみつけました。

『おい、おまえ！　あと五通はどうした？』

私は正直に五通の手紙がドロドロに溶けてなくなったことを話しました。

すると五人の小人は、ああもう何をやっているんだというように肩を落として、首を何度もかしげたり、チャッと舌打《したう》ちをしてからじだんだを踏《ふ》んで、意地悪そうな顔をもっと強くして私をさらににらみつけました。

『おい、言っておくが手紙七通では終点《しゅうてん》までは行けんからな。となるとおまえの風邪も治《なお》らん…』

一番《いちばん》右端《はし》の小人が言いました。

『治らん…』

『治らん！』

『治るわけないなあ』

「治らん治らん…』

続けてほかの四人も歌うように言いました。

「どうにかならないか？」

私はなるべく頭を低くして頼《たの》みました。

『どうにもならないな…』

一番左端の小人が冷たく言いました。

私は一番真ん中《まんなか》の小人が、ひどくへこたれながらおなかをおさえているのに気づきました。

「お菓子《かし》ならあるけどな…」

私がもしかしたらと思ってそう言ってみますと、やっぱりその小人はパッと明るい顔をしてこちらを見るのでした。

『本当か？　本物のお菓子か？』

他の四人の小人は休めの格好《かっこう》をしたまま、興奮《こうふん》して体を乗《の》りだしていることの一番真ん中の小人をにらみつけました。でも、一番真ん中の小人はそれを無視して、

『まあ、お菓子が手紙のかわりになったという話もよく聞くからな…』

とニヤニヤ言って、運転手の方をチラチラと気にしながら両手をさし出すのでした。他の四人の小人達もハラハラしながら、気が気でないといった様

子で運転手の方を見ています。

はあん、なるほどと私はまた気づきました。

それで私は毛布《もうふ》で小人達を運転手から見えないようにかくしてから、

「運転手にバレたら怒られるものなあ。これでゆっくり話ができるな」

と言って、他の四人の小人達にもそっと話を持ちかけたのです。

「ポケットの中にきっちり五枚ある！」

私がおいしそうな声でそう言うと、

『バカ！　声が大きい！　運転手に聞こえるだろ…!!』

と、他の四人の小人達にヒソヒソと怒られました。でもそう言うということは、他の四人も私の持ちかけた話を少しは気にかけているということです。もしそうでなければとっくに、『運転手さん、この男が不正《ふせい》をしようとしています!!』と手をあげていたでしょう。

「どうだ？」

私はさっきよりも小さな声でささやきました。

『いいぞいいぞ。おまえの頼みを聞いてやるから、早くお菓子、早くお菓子を出せ！』

いちばん真ん中の小人はすっかり興奮して、(それでも運転手の方は気にしながら）うれしそうに両手でお菓子をつかんで食べるマネをしたり、おなかをポンポン叩《たた》くのでした。それを横目で見ていた他の四人の小人達も、とうとう休めの姿勢《しせい》をくずして、

『お菓子か…、いいな…、手紙はおいしくないな…』

と言い出したのです。

ここまでくれば話は簡単《かんたん》です。私は毛布でしっかり小人達をかくしてから、音をたてないようにポケットに触《さわ》りました。すると小人達はいっせいに手をさし出してきて、その手はどれも真《ま》っ黒《くろ》で、クッキーを渡し終《お》えた時には私の手も真っ黒く汚《よご》れていました。

そうして私は何事《なにごと》もなかったかのように運転手に向かって言いました。

「今、小人さんに手紙をお渡ししました！」

「ソウデスカ!!」

運転手は何かちょっと怒った様子で、机の上に置いてあった私のノートに

何か書き込んでいました。私は話を小人から遠ざけるために、

「どれどれ。ちょっと見せてもらえませんか？　何を書いていらっしゃるのです？」

と言って、少し強引《ごういん》に運転手の横に立ちました。

「通過《つうか》シテイッタバス停留所《ていりゅうじょ》ノ名前デス！」

運転手は少しムッとして答えました。

でもそう言ってノートに書いてあったものは全部病気の名前だったのです。

『ミューガ』『マイヤ』『ロー』『ヘブー』『カンカン』『ツリ』『ヌンヌン』

そして運転手が『コーロン』と書いた時、窓《まど》の外にも『バス停留所・コーロン』と書かれた看板《かんばん》が立っていて、鼻《はな》の頭が破《やぶ》れたキツネのぬいぐるみや、目の光ったロボットに乗ってくる子供達が大勢《おおぜい》見えたのです。

『コーロンは小さな子供がよくかかる病気で、だいたい四歳から六歳に多い』

運転手がいかにも事務的《じむてき》に言いました。

私は、昔壊して捨てたおもちゃは、病気になった時にみんな帰ってくるのだな、そしてああやって持ち主《ぬし》を乗せたりするのだな、私の場合はこのバス

だなと思いました。

でもそのとたん、『グヲーウ、グヲーウ…』と耳元《みみもと》でウシガエルの鳴き声がうるさく聞こえて、目の前がグニャッとゆがんで見えたので、もうそのことを考えるのはやめました。

『終点、ヌイリー、ヌイリー！』

――シィー、プシューゥ

運転手がそう叫《さけ》んだ後《あと》、運転席の横のドアが勢いよく開きました。（もうこの時には、私の部屋は完全なバスの中でした）

「サア、着イタゾ！　ココノ地面ワ滑《すべ》ルカラ気ヲツケテ降《お》リロォ！」

運転手は伸《の》びをしながら怒鳴《どな》りちらしました。いかにもキゲンが悪いといった感じです。十二人の小人の内《うち》七人はシャンとして自信ありげでしたが、お菓子を受け取ったあの五人の小人達はすっかりビクビクしていました。

そうして私は十二人の小人達といっしょにバスを降りてみますと、そこは辺《あた》り一面に古木《ふるぎ》の板《いた》のようなものがつき刺《さ》さっていて、全体にコケのようなものが生《は》えた奇妙《きみょう》なところでした。私は裸足《はだし》でしたので親指に力を入れて滑らないようにしていましたが、足元では、小人達がツルツルと滑っては起き滑っては起き、中でも五人の内のあのおなかを空《す》かしていたいちばん真ん中の小人なんかは、とうとう地面に座り込んで、私があげたクッキーを運転手の目を盗《ぬす》みながら、

「ああ、これは本物のお菓子だ!!」

と満足そうに一かじり二かじり食べだしていたのです。

この時私はというと、もうひどい状態《じょうたい》でした。ここの空気は湿気《しっけ》でジトジトしたかと思えばすぐにのどがカラカラになって、二十回とはいかなくても十回以上はツバを飲み込みました。そしたら急に首筋《くびすじ》がゾクゾクしだして、私の体全体に深緑《ふかみどり》の染《し》みが点々《てんてん》と浮《う》かんできたのです。

『アァ、ナツカシイ! 我《わ》ガ故郷《ふるさと》ヨ!!』

これは私が言ったのではありません。その染み達がいっせいに叫び出したのです。ですから手の甲《こう》や足の裏まで体中全部がブルブル震《ふる》えて気持ち悪いといったらありませんでした。

そうして次々と私の体から飛び出していった染み達には、それぞれにめい

めいの家があるらしく、地面につき刺さった古木の板の隙間《すきま》に『タダイマーッ!!』と言ってもぐり込んでいくのでした。その数は百は下《くだ》らないほどで、その声で地震が起きてバス停留所の周《まわ》り一帯《いったい》にそれはもう広がっていくのでした。

私は深緑の染みが体からすっかり抜けたあと、とりはだが立ってしばらくは治りませんでした。でもそのおかげですっかり気分は良くなって、運転手と十二人の小人達は私のその様子を確認《かくにん》すると、さっさとバスに乗り込んで、またふとんが山なりになってできた洞窟の中へ帰っていくのでした。

私はふとんの中でもとどおり、あたりまえのように眠《ねむ》っておりました。

私が病気の時

たいがいこうやって病気は治っていくものです。それと、私はこのあとにもいくつか病気にかかってこのバスに何度か乗りましたが、その時には小人の数は七人に減《へ》っていました。たぶんあの時お菓子を受け取った五人は不正がバレてクビになったのでしょう。だとしたら、時々私の部屋にある物に黒いすすみたいなものがついていたり、新品の物がなくなっていたり、お菓子などに五や十や十五のかじった跡《あと》がついている訳《わけ》もわかるというものです。

デンチュウとウソつき

高い山低い山、あかむらさきの山あおみどりの山、それに、キゲンが良い日はベラベラとウソをつく山があって、この山々にかこまれた町のはずれのはずれのはずれと、ちょうどこのウソつき山のふもとのあいだに一本のデンチュウが立っていた。

デンチュウと言うよりは一本のコンクリートの棒《ぼう》と言った方がいいのかもしれない。まわりにはもう家はなくて、デン線は切りはなされ、明日《あした》になれば工事でとりはずされてしまうのだ。

真っ白に光った月が満月よりも少し欠《か》けた形で辺《あた》りを照《て》らしている。

「アア、オレモオ終イカ《おしまいか》…」

デンチュウは、ガチガチッと身をふるわせた。

「ダイタイガ《だいたいが》、立ツ位置ヲマチガエタンダ《まちがえたんだ》。コンナ《こんな》町ノハズレノハズレノハズレデナケレバ《なければ》、リッパニ《りっぱに》デン線ヲ張リメグラセテ《はりめぐらせて》、ドウドウトシテイラレ《していられ》タノニ《たのに》…！」

――ジーンギギッ、ジーンギギッ

デンチュウは、誰《だれ》も見ていないのをいいコトに体をひねらしたりゆらしたり、「ングーッ」とほえたりした。

　このデンチュウにとっては、これが気分を晴れにするたったひとつの方法だった。

　でもまあそれもこの前までの話で、明日とりのぞかれてドロドロのコンクリートにかえられてしまうのに、今さら気分なんか晴れるわけもなかった。

「アア、オレモオ終イカ《おしまいか》…」

　デンチュウは、「ングーッ」とまたほえたりした。

——ジーンギギッ、ジーンギギッ
　体をねじったり、ひねったり、さっきよりも大きくゆらしたりもした。

「アア、オレモオ終イカ《おしまいか》…」

　デンチュウがいいかげんあきらめた時、

「ソウデモないさ」

　山の方から声がして、

——ドスーング、ズシーンガ
——ドスーング、ズシーンガ

足音もして、それが自分の方に近づいてくるのがわかった。

「ダイジョウブさ、だいじょうブさ！」

山のかげの方にジッと目をこらしてみると、自分よりもゆうに高い大男が、背すじをのばして、指先をピンとまっすぐそろえて、大きく手をふってあらわれた。

「おれワうそつき山ニ住ム大男だ」

デンチュウは姿を見るのは初めてだった。

まだまわりに仲間がたくさんいたころ、よくうわさ話をしていたのを思いだした。

「ウソツキ山ニ住ム大男ワ、タイシタ《たいした》ウソツキダ」とか、「ウソツキノ大男ガ住ミツイタセイデ《せいで》、アノ山ワウソツキ山ニナッタ《なった》」だとか…。

ところが、いくら考えても「ウソツキ」という言葉の意味がさっぱりわからなかった。

でもこれではっきりした。「ウソツキ」というのは、デンチュウを引《ひ》っこぬくコトで、「ウソツキノ大男」というのは、デンチュウを引っこぬく大男という意味だったのだ。

デンチュウはそう確信《かくしん》すると、恨《うら》めしそうな目をして言った。

「アァ、ソウカ。オマエニ引ッコヌカレルンダナ《ぬかれるんだな》。ドウゾドウゾ。タシカニ《たしかに》モウ、十二時ヲマワッテ《まわって》イルモンナ。アアッソウダ、オマエワ正《ただ》シイヨ…！」

デンチュウは途中《とちゅう》で投げやりになって、どうにでもしろとばかりにその大男をにらみつけた。

「オイおい、イッタイ何を言ッテイルのかね」

ウソつき山に住むこの大男は今、キゲンが良《よ》かった。

たった今、同じウソつき山に住んでいて、いつもいじめているリスに、「アァ、ステキデス《です》ネ、良イデス《です》ネ、大男サン！　ウソツキ山デ、一番ステキデス《ですね》ネ！」

とほめられたばかりだったのだ。

だからいつもの調子《ちょうし》でウソをついて、ちょっとからかって楽しもうとしていただけだった。ところがこのデンチュウは何だか様子がおかしい。何かワケありなんだと大男は感じた。

「ヤア、君ワ…、何ンだね。ワタシのコトが嫌《きら》イかい？」

「アタリマエダ!!　大嫌イダ!!」

デンチュウは今までで一番大声で怒《ど》鳴《な》ってやった。でも何でそんなことを聞くんだろうとも思った。

「イッタイ、どこらヘンが嫌イだい？」

デンチュウはますますおかしな奴《やつ》だなと思った。これから引っこぬこうとしている相手に何を気に入られようとしているのか、まったくわけがわからなかった。さっさと引っこぬけばいいだろうと、さっきみたいに怒鳴りつけてやろうとしたが、今度は大男の方がジッとこちらをにらみつけているので、デンチュウは言われたとおりに答えることにした。

「ソウダナ…。マズ何ントイッテ《いっても》モ足ガアルトコ、足音ヲタテル《たてる》トコダナ。オレワ歩ク奴ワ嫌イダシ、走ル奴ワモット嫌イダカラナ！」

デンチュウは、大男の足元《あしもと》に顔をヌーッと近づけて言った。

「ハーッハッハッ、ハーッはっはっ！」

この笑い声は、いつも大男がウソをつく時の合図《あいず》だった。

「自分ダッテ、足ガあるクセに！ヨーク見てゴランよ。デンチュウにワ足ガある、歩ケるよ、走れルンだ!!」

大男はそれだけ言うと、心の中で『ヤッたヤッた！ またウそをツイテやった、楽しいな、気分良いな！』とわめきながら、おどりながら、顔をニヤニヤさせながら、山の一番大きな木まで走って逃げて木のかげにかくれた。

そして、自分のついたウソを信じようか信じまいか悩《なや》んでいるデンチュウの様子《ようす》を、息を荒だてながらうかがっていた。

それからデンチュウの方は自分に足があると言われたとたん、なぜだかめまいがして、体がフラフラフワフワして、今までみたいに簡単《かんたん》にまっすぐ立っていられなくなった。

そしてとうとうバランスをくずして倒《たお》れてしまったのだ！…と思ったら、それは本当に信じられないことがおきた。細い一本の足が、しっかりと自分の体を受け止めているではないか。

デンチュウは目をつむって、そおっとそおっと下の方に力を入れながら、また目を少しずつあけていった。すると、カツンッという音がして、もう片いっぽうの足も地面からはい出してきたのだ。

「本当ダ、本当ダ!! 足ガアル!! 知ラナカッタヨ!! 歩ケルヨ!! 走レルヨ!!」

デンチュウはおかしくっておかしくって仕方《しかた》なくて、大男のことなんてすっかり忘れていた。そういえばと思って辺りを見まわしてみたがどこにも見あたらない。

デンチュウはどうしてもお礼が言いたかった。怒鳴ったりしたこともあやまりたかった。そしてデンチュウは思った。

どうやら「ウソツキ」というのはヒドイものじゃないらしい。

「ソウカ! 本当ワデンチュウニ足ガアル《ある》コトモ知ッテイタシ、ワザワザ山カラ下《お》リテキ《て》テ《き》教エテクレ《くれる》ルナンテ、キッ《きっと》トウソツキッテ、物知《ものし》リデ親切《しんせつ》ナコトヲ言ウンダナ!!」

この様子をさっきから息を荒だててジッとうかがっていた大男の方は、デンチュウがいっこうに悩んだり困《こま》りはてた様子を見せないのでしだいにイライラしてきて、最後にはデンチュウが喜《よろこ》んで本当に走っていってしまうので、

デンチュウとウソつき

大男はすっかりキゲンをそこねて、その場にあぐらをかいて座り込んでしまった。
そしてまた、それを山で一番大きな木の上から眺めていたリスは大喜びで、大男に気づかれないように木の枝を何度も行ったり来たりしていた。

そのころ、ウソつきの大男に足があることを教えてもらったあのデンチュウはどうしてたかというと、大勢のデンチュウ達が立ち並んでいる場所をめざして歩いたり走ったりかくれたり、時々立ち止まってまた走ったりしていた。

——ガッチガッチ、ギギッー
——ガッチガッチ、ギギッー
デンチュウは、どうにかこうにか町のはずれのはずれの一歩手前ぐらいまで、誰にも見られずに来ることができた。足は体と同じ、コンクリートでできていたので、走っているあいだじゅうヒビ割れないか心配で仕方なかった。
——ガッチガッチ、ギギッー

――ガッチガッチ、ギギッー
デンチュウは、たくさんの仲間と肩を並べてデン線もいくつか分《わ》けてもらって、ウソつきの大男のうわさ話なんかをしている場面を走りながら何度も想像《そうぞう》した。

口元《くちもと》がどうしてもゆるんでしまう。足音っていうのも悪くはないと思った。

「ソレニシテモ…」

デンチュウは少し妙《みょう》な気がしてきた。もうだいぶ町の中の方まで来たというのに、まだ一本のデンチュウどころか、一人の人間すら見ていない。声も聞こえない。辺りはシーンと静まりかえっている。

立ち止まって耳をすましてみて、はじめてそれに気づいた。

――ジーンギギッ
――ジーンギギッ
「ネエ、アナタ《あなた》デンチュウ？」

ガイ灯の光のとどいていない暗《くら》がりから、突然《とつぜん》声がした。

デンチュウはドキッとしたが、すぐにそれが人間の声ではなく同じデンチユウの声だとわかった。

「ソウダヨ！　ヨカッタ！　君モ《きみも》デンチュウナンダロ!!」

デンチュウは久《ひさ》しぶりに仲間の声が聞けたので嬉《うれ》しくなった。

「エエソウヨ…」

声がした暗がりの方へ近づいてみると、そこには途中《とちゅう》で切れたデン線をたらしたデンチュウがポツンと一本だけ立っていた。

「アナタ、デンチュウノクセニ《くせに》、ソンナニ歩キマワッタリシテ《まわったりして》、ヨク、ヒトツ目ノ大男ニ見ツカラナカッタワネ…」

デンチュウは首をかしげた。大男で知っているのは、ウソつきの大男だけだ。

「アナタ、ヒトツ目ノ大男ノコト知ラナイノ!?」

「サア、知ラナイナア。オレワ町ノハズレノハズレノハズレカラ来タカラネ。ソンナコトヨリ《そんなことより》、ココワモウダイブ《だいぶ》町ノハズレノハズダロ《はずだろ》？　何ンデ君以外ノデンチュウワ一本モ立ッテイナイインダイ《いないんだい》？」

デンチュウはそれが不思議《ふしぎ》で仕方なかった。

「ミンナ、ヒトツ目ノ大男ニ捕《つか》マッタワ。私ワ運《うん》ガ良カッタダケ…。暗イトコロニ立ッテイタカラ《いたから》見ツカラナカッタンダト《かったんだと》思ウ…」

デンチュウは頭にきた。

「セッカク《せっかく》町デ大勢ノ仲間ト暮《く》ラセルト思ッタノニ…！」

そう言って地面の石コロを思いっきりけった。空では星が「キラキラ」と言って、何んだかバカにしているみたいだった。

「イッタイ《いったい》ヒトツ目ノ大男ッテドンナ《どんな》奴ナンダ？」

暗がりのデンチュウはうなずくと体を小さくかがめて、声を震《ふる》わせながらゆっくりと話しだした。

「ヒトツ目ノ大男ワネ、時々町ニ足音モタテズニ《たてずに》ヤッテ来テ、人間ヲ催眠術《さいみんじゅつ》デ眠ラスノ。ソレカラ私達デンチュウヲ一度ニ何本モサラッテワ《さらっては》、自分ノ住ム家ヲ造《つく》ルタメノヘイ《へい》ヤ柱ニシテイルノヨ《しているのよ》!!」

ガチガチガチガチガチ…、デンチュウは震えが止まらなくなった。町がこんなに恐《おそ》ろしいところだなんて、ちっとも知らなかった。

暗がりのデンチュウもおびえた目をしてガチガチと震えている。

デンチュウとウソつき

「今モ人間は眠ラサレテル。ココニダッテ、マタキット《またきっと》ヤッテ来ルワ…。アア、ソノ時ニコソ私モ捕マッテ《つかまって》シマウノヨ…!!」

もちろんデンチュウも怖《こわ》かった。でもあんまりこの暗がりのデンチュウが元気なくおびえているので、何か元気のでる話をしないといけないと思った。

「オレガ会ッタ大男ワ、ソンナヒドイコトワ《ひどいことは》シナカッタネ。ミンナニワ〝ウソツキノ大男〟ッテ呼《よ》バレテテ、ソノ名ノトオリ物知リデ親切デ立派《りっぱ》ナ大男ダッタヨ! オレニ足ガアル《ある》コトモ教エテクレタカラネ《くれたからね》」

デンチュウはその場で足踏《あしぶ》みをしてみせた。

「ソウネ。アナタニワ足ガアッテ《あって》イイワネ。イザトナレバ《いざとなれば》走ッテ逃ゲダセルンデスモノネ…。ネエ、ソノ足ッテ生《う》マレツキナノ?」

暗がりのデンチュウは、うらやましそうにデンチュウの足を見ている。

「サア、自分デモ今マデチットモ《ちっとも》気ヅカナカッタンダ」

「コンナノッテ不公平ダワ。同ジ《おなじ》デンチュウナノニアナタ《あなた》ダケ足ガアッテ、私ニワ無イナンテ!」

暗がりのデンチュウが叫《さけ》んだ。

「ウソツキノ大男ワ、デンチュウニワ足ガアル《ある》ッテ言ッテタカラ、多分《たぶん》デンチュウナラ誰デモ足ガアルンジャナイ《あるんじゃない》カナァ…」

「ジャア、今マデ気ヅカナカッタダケデ《だけで》、私ニモ本当ワアナタ《あなた》ト同ジヨウニ《ように》足ガアルノネ!?」

「サア、ソコマデ《そこまで》クワシイコト《こと》ワ分《わ》カラナイナァ…。直接《ちょくせつ》ウソツキ本人ニ聞イテミナイト《みないと》…」

二本のデンチュウはすっかり黙《だま》り込んでしまった。と、突然――。

「ウソツキ!?」

暗がりのデンチュウがまた叫んだ。

「ウソ、ツキ…。ソレッテ何ダカ聞イタコト《こと》ガアル《がある》…。ソウダ! ソコノ家ニ住ンデイル男ノ子ヨ! 確カ同ンナジコト《こと》ヲ言ワレテタワ…。ソウッ! 近所デモ評判《ひょうばん》ノウソツキダッテ《だって》!!」

見ると、大きな家が建《た》っている。

「ソウカ、ソレガ本当ナラ、デンチュウノコト《こと》ヲ《を》クワシク知ッテイテ、喜ンデ教エテクレル《くれる》ハズダ! 捕マッタ仲間ノコトモキット《きっと》親切ニ教エテクレル!!」

デンチュウとウソつき

「アッ、デモダメ! 今ワダメヨ!!」

「何ンデ?」

デンチュウはもう、家のへイに飛びうつっている。

「ダッテ今人間ワ、ヒトツ目ノ催眠術デ眠ラサレテイルモノ《いるもの》…!」

「ダッタラ《だったら》オレガ、タタキ《たたき》起コスマデダ《までだ》!!」

そう言ってデンチュウは二階の家の窓をこわすと、中をそっとのぞいてみた。そしてすぐに男の子を見つけると、頭を振《ふ》り回《まわ》してたたき起こした。

「オイ、起キテクレ! アナタサンワ、ウソツキナンダロウ《なんだろう》?」

男の子は寝《ね》ぼけながら両手を前に突《つ》きだしてフラフラと立ちあがった。

「んー…?、君は誰…?」

「オレワ、デンチュウサ。チョット《ちょっと》外ニ出テ、イロンナ《いろんな》コトヲ教エテクレナ《くれな》イカ《いか》?」

「んー、いいよ…、うん…」

男の子は、まだ寝ぼけている。

でも、思ったとおり男の子がすんなりうなずいてくれたので、「アァ、ウワサドオリノウソツキダナ」とデンチュウは感心した。

そうして男の子を頭の上にのせると、ゆっくりと暗がりのデンチュウの前に運んでそおっとおろした。

ところが男の子は、この時勢いよく尻もちをついてしまい、パッと目を覚《さ》ましてしまったのだ。

男の子は目の前でグォーン、グォーンと体をねじり、ガチガチと音をたてて、ニタニタと笑うねずみ色の大きな棒を見て、ああ、これは夢《ゆめ》かと思った。でも、うったお尻がいつまでもジンジン痛いのでそうじゃないんだと気づいた。

「サア、ウソツキノ男ノ子。確《たし》カデンチュウニワ本当ワ足ガアッテ、歩イタリ走ッタリモデキルンダッタヨナ《できるんだったよな》？」

自分を外に運びだした方のデンチュウが顔を突きだして、真剣《しんけん》ににらんでいる。目の前のデンチュウなんて、ちぎれたデン線を振《ふ》り乱《みだ》して、グォーン、グォーンと体をゆらしている。男の子はそうかと思った。このあいだの「デンチュウが動いた!!」っていうウソが本当になっちゃったんだ。

　そう思うと男の子は何んだか楽しくなって、すっかりいつもの調子になった。

「ああ、そうだよ。デンチュウには足がある。歩けるどころか、走れたりもするよ！」

　それを聞いたとたん、暗がりのデンチュウはだんだん体がフラフラフワフワしてきて、辺りが急にぼやけだしてきた。今までどおりまっすぐ立っているのが、どうにもできなくなったのだ。

「ア、アレ…、チョト、ネエ…」

　暗がりのデンチュウは、あわてて男の子の方を向《む》いた。でも男の子はこれから何がおこるのかという顔で楽しそうにジッとこちらを見ているだけだ。すぐそばにいたデンチュウも、ただニコニコとして助けようとはしなかった。なぜか。それは助けなくても大丈夫だとわかっていたからだ。

　暗がりのデンチュウがしばらくフラフラフワフワしてから、もう本当に倒れそうになった時、カツンッという音がひびいた。そして、ギギッ、カツンッという音ももう一回ひびいて、見ると細い二本の足がしっかりと暗がりのデンチュウの体を支《ささ》えていたのだ。

デンチュウはヤッパリと思ってニヤリと笑った。

暗がりのデンチュウの方は大喜びでゆっくり足をあげると、グルグルと勢いよく辺りを回りだした。

「走ッテルッ走ッテルッ、スゴイスゴイ。ナンダ、全然気ガツカナカッタワ《つかなかったわ》！

マサカ足ガアル《ある》ナンテ!!」

何度も転んだり立ちあがったりしながら喜び回るこのデンチュウの姿を見て、男の子は笑いたくなるのを必死《ひっし》でガマンした。

「他ニワ？　モット他ニワ!?」

二本のデンチュウはすっかり興奮している。

「デンチュウが二本並《なら》んで走ると空を飛べるんだ。知ってた？」

男の子がわざとらしくデンチュウに聞いた。

「知ラナイ、知ラナイ」

二本のデンチュウはそろって首を大きく横に振った。

「ジャア、ジャア、仲間ノコトワ？　捕マッタ仲間ノコトワ？　仲間ヲ助ケル方法ワ?」

　二本のデンチュウは体をふたつに折《お》って、真剣にこちらを見ている。

　男の子には何のコトだかさっぱりわからなかったけど、もう、デンチュウのしぐさがおかしくっておかしくって、とうとうこんなコトまで言いだした。

「走って勢いをつけてデンチュウどうしが頭をぶつけると、その捕まった仲間とも話ができるよ。その時に足があるコトと、空を飛べるコトを教えてあげれば、仲間をきっと助けることができるんじゃないかなあ?」

　男の子がそう言うと、二本のデンチュウは向かい合って何度も首をかしげている。

　ああ、しまった、とうとうウソがバレたかなと男の子は片目をつぶった。

　ところが――、

「ヨシ。試《ため》シテミヨウ《みょう》!!」

　そう言って二本のデンチュウは少し離《はな》れて向かい合うと、本当に勢いよく走りだしてしまったのだ。

――ガッチガッチ、ガッチガッチ

――ゴッシーン!!

まるで、家の屋根に隕石《いんせき》が落ちたみたいな音がして、しばらくのあいだ家も地面も木も男の子の耳も、キーンビビビビッとゆれた。

空の星は「ギラギラ」と笑っていた。

そしてデンチュウ達は、フラフラになりながらいっしょうけんめいにしゃべった。

「アッ話セル。本当ダ! ミンナ聞エルカ? ヨク聞ケ! デンチュウニワ足ガアル。歩ケルシ、走レルンダ!!」

「ソウヨ、ソウヨ。ミンナ並ンデ走ッテゴラン《ごらん》ナサイ《なさい》! キット空ニ飛ビア《あ》ガレルカラ《がれるから》!」

男の子はとうとうガマンできずに大笑いして、おなかを押《お》さえながら転《ころ》がりまわって、自分もそのまま家のヘイに勢い良く頭をぶつけて気絶《きぜつ》してしまった。

デンチュウは話し終わってから、やっと倒れている男の子に気づいた。

デンチュウがいくら男の子の頭を振リ回しても起きなかったので、この親切にいろんなコトを教えてくれたウソつきの男の子を、今度は尻もちをつかないようにそおっと部屋のベッドにもどしておいた。

　そうして二本のデンチュウが走りだそうとすると、空の星が「ギランギラン」と何かわめいていた。

——コォーヒゥー、コォーフー…。

「イタ。二本イタ。イル、イルンダ二本。ヘイ《へい》ト柱ニスル《する》デンチュウガ一本ズツ足リナイ…。オレ困ル。オマエ達ツレテイク…」

　本当に足音もしなかった。振り向くと、ヒトツ目の大男が大きな手を振り上げて、すぐ後ろに立っているのだ。その見下《お》ろす一ツ目は真っ赤で、見ているだけでドロドロのコンクリートになってしまいそうだった。

「デターッ、コイツ《こいっ》ガヒトツ目ノ大男ヨーッ!」

「ニ、逃ゲローッ!!」

　二本のデンチュウは必死で足を動かした。

「イルー! 　デンチュウガ二本イル…!!」

　ヒトツ目がものすごいスピードで追《お》いかけてきた。

——ガッチガッチ、ギギッー
——ガッチガッチ、ギギッー
デンチュウは全速力《ぜんそくりょく》で走りながら周《まわ》りを見まわした。

「アレ？　暗がりのデンチュウがいない…」

「待ッテー、助ケテーッ」

後ろから声がして、見ると暗がりのデンチュウがもう少しで捕まりそうになっている。

暗がりのデンチュウにとって走るのはこれが生まれて初めてで、まだ速く走れないのだ。

暗がりのデンチュウは、もう本当にあと少しで捕まりそうだった。

「ソウダ!!」

デンチュウは、ウソつきの男の子が言っていたもうひとつのコトを思いだした。それからわざとスピードを落とすと、暗がりのデンチュウに合わせて並んで走った。

そしたら——、

デンチュウとウソつき

「アッアッ、アレーッ…!? ワーッ」

それは本当に、ウソつきの男の子の言ったとおりになった。二本のデンチュウはそろって空高く飛び上がっていったのだ。

「本当ダーッ、飛ベル！ 飛ベル！」

「スゴイスゴイ！ ヒトツ目ナンテ、モウ見エナイワッ…!!」

下ではそのヒトツ目の大男がくやしそうに暴《あば》れまわっている。

「ヤッパリ《やっぱり》ウソツキッテ《って》スゴインダナーッ!!」

「アノ《あの》ウソツキノ男ノ子ワ、ワタシ達デンチュウニツイテ、キット《きっと》、アトマ《ま》ダ《だ》百ワ知ッテイルワ！ ソレ《それ》グライ《ぐらい》物知リナノヨ!!」

「ウン。キットソウダ」

二本のデンチュウはこんな話をしながら、どんどん空高く、ぐんぐんぐんぐんと舞い上がっていった。

それを見ながら空の星は、

「キラ…」

ずっと歌っていてくれた。

――ガッチググッ、ガッチグググッググッ

最後のデンチュウが突きさされた地面から抜け出ると、五十八本のデンチュウ達はいっせいに並んで走りだした。

――ガッチガッチギギッ

――ガッチガッチギギッ

――ガッチガッチギギッ

――ガッチガッチギギッ

その後は本当にあの突然頭に聞こえてきた声の言ったとおりになった。

「ワーッ、本当ニ飛ンジャッターッ!!」

五十八本の内の一本目が言った。

「急ニ頭ノ中ニ声ガヒビイテ《ひびいて》キタカラ、ビックリシタケド《したけど》、知ラナカッタナア、デンチュウニ足ガアッテ《あって》空モ飛ベチャウナンテ!」

五十八本の内の二本目が言った。

デンチュウとウソつき

「声ワ確カニオレ達ト同ジデンチュウダッタケド《だったけど》、デモ教エテクレタノワ《くれたのは》イッタイドコノ《どこの》デンチュウダッタンダロウ《だったんだろう》？」

五十八本の内の三本目が、体をねじらせ、頭をひねって考え込んだので、列《れつ》がみだれて全員が落っこちそうになった。

「オイ、列ヲ乱スナ!!」

五十八本の内の四本目がさけんだ。

こんなふうに、デンチュウ達はきれいに並んでシャベリながら飛び続けて、五十八本の内の五十八本目が、

「アッ、アレ見テ！　アソコニモ《あそこにも》デンチュウガ飛ンデル！　二本イルッ!!」

と言うころには、見たこともない山の上まで来ていた。

「オーイッ!!」

五十八本目のデンチュウは大声でさけんでみた。

『エーッ!!』

雲が目の前をどんどん過《す》ぎていく。

「コレカラ《これから》ドコへ行コウ…？」

デンチユウがポツリと言った。さっき飛び上がる時は必死だったので、行く先を考える暇《ひま》なんてなかったのだ。

「ソウネェ…。デモドコカ《どこか》、ヒトツ目ノイナイ《いない》所ガ良イワッ！」

それはデンチュウも賛成《さんせい》だった。

暗がりのデンチュウはそう言ったあとで、まさかと思って周りを見まわした。

「ネエ、チョット《ちょっと》後ロヲ見テミテ！　何カ追イカケテ《かけて》来ルワ！」

暗がりのデンチュウがさけんだ。

「マサカ…ヒトツ目…!?」

二本のデンチュウは慌《あわ》てたので、離れて落っこちそうになった。

「ア、チガウ…、仲間ヨ！　仲間ダワ！　アレワ、ヒトツ目ニ捕マッタ私ノ仲間ダワ!!」

「ジャア《じゃあ》ヤッパリ、ウソツキノ男ノ子ガ言ッタヨウニ助カッタンダ！」

デンチュウは、ああっウソつきだなぁと、また改《あらた》めて感心した。

『オーイッ!!』

向こうが何か言ってきた。

「エーッ!!」

暗がりのデンチュウが大声で答えた。

こうして二本のデンチュウと、五十八本のデンチュウ達は一緒《いっしょ》になって列をつくった。

暗がりのデンチュウは久しぶりに仲間と会えてうれしかったし、デンチュウも、久しぶりにデンチュウどうしになれて、とても幸せだった。


——コォーヒゥー、コーフー…。

ヒトツ目の大男はボウ然とたたずんでいた。

せっかく途中まで造りかけた家が無くなっている——。

「ウーグロゥォーッ、ヌーグロゥォーッ!」

原っぱの真ん中の住みかでヒトツ目がそうさけぶと、町の人間にかけられていた催眠術がとけだした。

「ウーグロゥォーッ、ヌーグロゥォーッ!」

それからもヒトツ目の大男は毎晩《まいばん》叫び続けた。

でもやがて冬が来るころには元気も無くなってきて、家を完成《かんせい》させることができないままヒトツ目の大男はとうとうガチカチに凍《こお》って、こごえ死んでしまったのだった。そしてその大男の死体を見つけた町の人達は、

「ああ、今までデンチュウを盗んでいたのはこの大男だったんだな。でもこれで大丈夫だな」

と言って安心したのだ。


さて、話にはもう少しだけ続きがある。あの晩もう夜《よ》が明《あ》けようとしているころ、あのウソつき山に住むウソつきの大男は、まだあぐらをかいてキゲン悪く座り込んでいた。

「あーウー、楽シくなイナ、気分悪イな！　まタあのリスノ奴デもイジめてやルカ！」

そう言って大男が立ち上がったので、山で一番大きな木の枝からのぞいていたリスはあわてて叫んだ。

デンチュウとウソつき

「大男サン大男サン、アレヲ見テ！　夜中ノデンチュウガコッチ《こっち》ニ《に》飛ンデ来マスヨ!!」

リスはウソをついてそのあいだに逃げだそうとした。ところが朝日がのぼる方から本当に何か飛んでくるのが見える。

「オーイ、ウソツキノ大男ーッ!!」

まちがいない。確かに、あの夜中に走っていったデンチュウだ。

ウソつきの大男はそれを見てパッと立ち上がると、ああ、何てしめたことだと思った。

今度こそ困らせてやる！　絶対だましてやる、ウソついてやる!!　と、ひとり言のようにブツブツつぶやいた。それによく見てみると、数えきれないほどやってくるではないか。

「ヒとつ、ふたツ、イツツ、みっつ…」

もうウソつきの大男はうれしくってうれしくって、とうとう泣きだしてしまった。

そうして、山で一番大きな木に登って大男は叫んだ。

「おーイ、この先ノ高い山をこエテ、低い山をすベッテ、尻もチをつイタら、ソのまま後ろ向キに走ッテ、あかむらさきノ山でワあおみどりマみれニ、あおみどりノ山でワあかむらさきまミレになるんダ！　ソレからグルグル回りナガら進むと強イ風がフくカら、そのママそノ風に乗ッて飛び続けていルト、汚《きたな》い汚《よご》れた海に出ルカら、かまワず頭カラ飛び込ンデ、息が続くマデもぐりながら泳いでごらンヨ！　苦しクナッて顔を出シタ場所の目の前に、大勢のデンチュウが動キ回って暮らしてイる島が浮かんデイルからーッ!!」

　ウソつきの大男はもう、ツケるだけのウソをツイて、そのウソをごちゃごちゃに混《ま》ぜてわからなくした。

「エーッ、ソンナ《そんな》場所ガアッタノ《あったの》ーッ!?　知ラナカッタ、全然知ラナカッタ！　オイッ、ミンナ、今ノ聞イタカ？　ソンナ良イ所ガアルナラ《あるなら》ミンナデ行ッテソコデ暮ラソウ!!」

「エエ、ソウネ。イイ考エダワ!!」

「アア、ソウダ。ソウシヨウ!!」

「ウン、ウン、イイネエーッ、ソレワ良イコトダ!!」

「ウソツキノ大男ッ…、マタ良イコト教エテクレテアリガトーッ!!」

デンチュウ達がそう言って高い山の方へ行ってしまったので、

「ヤッた、やっタ、今度こそはウマクいったゾ! 楽しイナ、気分良イな!」

ウソつきの大男はまた背すじを伸ばして、指先をピンとまっすぐそろえて、大きく手を振ると、わめきながら、おどりながら、ニタニタと笑いながら、山の頂上《ちょうじょう》の奥の方へと帰っていった。


それからどれだけか、何日か、しばらくして、ウソつきの大男あてに手紙が一通届《とど》いた。それはあのデンチュウからで、こう書いてあった。

あのあと、ウソつきの大男さんの言われたとおり行きましたところ、高い山がありました。その山をこえた所に、これもまた言われたとおり、低い山がありました。その山を、大男さんの言われたとおりすべったので、尻もちをつきました。とても怖かったのですが、後ろ向きで走ってあかむらさきの山につきました。でも、どうしたらあおみどりまみれになれるか考えたところ、一本だけあおみどりの大きな木をみつけたので、みんなでその木の葉っぱをかぶりました。あおみどりの山でも同じでした。

こうして、あかむらさき、あおみどりまみれになりながら、グルグル回って進みました。もう、いいかげんに目が回ってきた時、強い強い風が突然ふいて、オレ達は一度にふき飛ばされて、ああ、もうダメかと思いました。でも安心して下さい。ちゃんと海はありました。

大男さんの言われたとおり、それはもう汚く汚れてましたよ。オレ達はそのまま頭から飛び込んで、泳ごうとしました。でも、どうしても体がしずんでしまい、泳ぐというよりも、歩いてしまいました。どうかここはお許《ゆる》し下さい。それからずっと歩き続けて、体に貝がつくほど歩いて海の景色《けしき》に飽《あ》きてしまい、ああ、早く顔を出して大勢の仲間達と、島で動き回って暮らしたいなぁと思って、どうにもガマンできず苦しくなって顔を出しました。

ヂンチュウとウソつき

ウソつきの大男はここまで読むとツバをゴクリとのんで、息が止まりそうなくらいドキドキした。それから大男は続きを読もうとした。ところが、いくらさがしてもどこにもこの先が書いてない。

ウソつきの大男は気になって気になって仕方なくて、頭をついて逆立《さかだ》ちしたり、山で一番大きな岩の上からすべってみたり、ダムの中にもぐって、ジッと景色を眺《なが》めたりした。

またそれを、山で一番大きな木の上から眺めていたリスは大喜びでゲラゲラ笑いながら、木の枝を何度も行ったり来たりしていた。

それからまたどれだけか、何日か、しばらくして手紙が届いた。

大男は息を荒だてながら木の上のリスを追っぱらって手紙を読んだ。

インクがきれまして、スミマセン、スミマセン。オレ達はとにかく、大男さんの言われたとおり苦しくなって、顔を出しました。そしたらありました。きちんとそこには島がありまして、オレ達の他にもたくさんのデンチュウ達が動き回って暮らしていて、オレ達のことを仲間としてかんげいしてくれました。

本当に何もかも、ウソつきの大男さんの言われたとおりでした。アリガトウ。

あとそれから、もしウソつきの男の子に会いましたらこのことをよろしく伝えておいて下さい。住所はだいぶ町の中の方です。

では本当にアリガトウ。

デンチュウ達　より

これを読んだ大男は、ああもう本当にくやしがって、腹を立てて、もうどうにもならないくらいキゲンをそこねてしまってウソをツカなくなってしまい、それ以来《いらい》町の中の方でも、「正直山《しょうじきやま》に住む正直な大男」と呼《よ》ばれるようになってしまった。

でも、そんな言葉なんてちっとも届かない島で、あのデンチュウ達はこれから毎日を幸せに暮らすのだった。

ヨール

ボクの名前はヲール。

ボクの住んでいる家には毎日たくさんの人が泊《と》まりにくる。

だからエドおじさんもハンブルおばさんもお手伝いのハンガー・アルソも、料理を作ったり七十もある部屋を全部掃除《そうじ》したりして毎日動き回っている。

たぶん、嵐が来て雷《かみなり》が落ちても気づかないと思うよ。

まわりには高い山や低い山、あかむらさきの山やあおみどりの山、昼間は真っ黒で、夜になると白く光りだす山、あとキゲンが悪い日はゴーゴーと怒りだす山まであったから、この家にくる人はみんな「サバク」を通ってきた。

「サバク」っていうのは家の前を通っている道のことで、ずっと向こうからのびていて、ずっと向こうまでつづいている。どこから来て、どこまでつづいているのかはボクは知らない。

そしてこの「サバク」をはさんで向《む》こう側《がわ》に、深《ふか》い森《もり》と湖《みずうみ》もあった。でもそれもあまり意味がなかった。だってここに泊まりにくる人の中で、ボクと気が合う人なんて一人もいない。たいてい鼻のデカイ太めの紳士《しんし》か、ハデに着飾《きかざ》って、そばにいる人から、「奥様《おくさま》!!」なんて呼《よ》ばれているおばさん。ネクタイの位置をしきりに気にしながら歩く口ひげの男。砂けむりにいちいち腹を立てながらドレスを手ではらう女の人達。ボクはこの女の人達に、何で晴れているのにカサをさすのか聞いてみたことがあった。だけどこの人達はボクにまで腹を立てて答えてはくれなかった。

だからこの中で、森の木の技に一日中ぶらさがって、ボクといっしょに落としっこをしてくれる人や、湖をのんきに泳いでいる大きな魚を捕《つか》まえる方法を、ことこまかに教えてくれる人なんて一人もいなかったのだ。

とにかく今一番言いたいことは、ボクはとてもたいくつしてるってことだ。仕方ないから、広い庭を囲《かこ》んでいる塀《へい》の外側《そとがわ》に出て、ひとりでその周《まわ》りを歩いていた。ただ歩くだけじゃつまんないから、その塀を造《つく》っている白い木の板を入り口から数《かぞ》えて歩いた。

「イチ、ニー、サン、シー…」

数えていて、途中穴《とちゅうあな》があいているのがいくつもあった。ボクの目ぐらいの大きさの穴もあれば、リスの目ぐらいのもあった。それから大男の目ぐらいのはないか探しているうちに、どこまで数えたのかわかんなくなった。考えてみたら大男の目がどれぐらいの大きさをしているのかなんて知っているはずなかった。

そう思ってボクがまた入り口にもどって数えなおそうとした時——、

——ドターン!!

突然、塀がものすごい振動《しんどう》でゆれた。何かがぶつかったみたいだ。

「あっちの方だ…」

ボクは六十メートル先の塀のまがり角《かど》まで走ると、そこから角の向こうがわをそっとのぞいてみた。

——トン、ガン、ダン、ガン、ドーンガ
だれかが何かしている。

——トン、ガン、ダン、ガン、ドーンガ
近づいてみると、見たこともないかっこうの人が慌《あわ》ててこわした塀をなおしていた。

顔は真っ黒で、ハナは高くて茶色い長い髪《かみ》。青い上着《うわぎ》とズボンで、とんがった先がグニッと地面におじぎした形の帽子《ぼうし》をかぶって、その上から体中に

ヲール

あかむらさき色の葉《は》っぱもかぶっていた。そしてすぐ横には、とびちった塀の破片と前輪のへこんだ自転車も転がっていた。

この人はボクに気づいてからもクギを打ちつづけた。ボクはひどくこわれた塀を見て、聞いてみた。

「こわしちゃったの？」

——トンガンダンガンドーンガ

——トンガンダンガンドーンガ

そしたらこの人はいっそう慌ててクギを打ちだして、それから汗《あせ》もダラダラかきだした。

ボクはあいさつはしないといけないと思ったから、ちゃんとしたよ。

「ボクの名前はヲール」って。

そしたらこの人は言った。

「私ノ名前モ、ヲール」

ボクと同じ名前のこのヲールって人は、このあともいろいろ修理《しゅうり》しつづけたんだ。

馬のうしろ足でこわれた馬小屋のかべや、嵐《あらし》でめくれた倉庫《そうこ》の屋根。あと他にもテーブルやイスや本だなや、古くなってきしむ階段も一階から三階まで全部。

ボクは子供にしては力持ちだったから手伝ってもいいと言われた。森から家まで板を運《はこ》んだのはこのボクだ。

ヲールはボクに古くなったかなづちとクギとかんなとのこぎりと、大きなスコップもくれた。そのスコップで深い穴の掘り方も教えてくれた。

ボクはうれしくなって、あまった板を切ってけずってクギで打ちつけて深い穴を掘ると、ヲールといっしょにそれをかくして埋《う》めた。その時にピーガーとなるラジオもみつけた。二人でいっしょに喜《よろこ》んだのに、何日か泊まっていくと、ヲールはいなくなってしまった。

それから半年たって、ヲールはまたやってきた。今度はドターン!! のあとに、『ヒュルリラ、ルンロルーラリリルルリー』という音が聞こえてきた。

ヲール

　ボクは入り口から六十メートル先のまがり角をまがって、さらにこの前ヲールがぶつかってなおしていった所を通りすぎると、百二十メートル先のまがり角までゆるいカーブを描《えが》いて走った。

『ヒュルリラ、ルンロルーラリリルルリー』

　それはヲールの口ぶえだった。

　ヲールは、今度は全身にあおみどりの葉っぱをちりばめていた。

「塀ヲナオスノナンカアトアト！」と言って、ボクにそばに来るように指でゼスチュアをした。ボクがそばに行くとヲールはまた口ぶえを吹《ふ》きだした。

『ヒュルリラ、ルンロルーラリリルルリー』

　ヲールがこわしてできた塀の穴からボクがウラ庭をのぞいてみると、そこには家中の人が集まっていて、ヲールの口ぶえにつられるように歌ったりおどったりスゴクにぎわっていた。あの太めの紳士なんておなかをへこませておどっているし、口ヒゲの男はドロだらけになりながらネクタイを振り乱して、奥様って呼ばれていたあのおばさんなんかは、せっかくのドレスを汚してしまって、もうだれも、「奥様!!」なんて呼ばなくなっていたし、そばにいた女の人達もカサをまわしながらステップを踏《ふ》んでいた。

何よりもエドおじさんとハンブルおばさんが妙に高い声と変に低い声で歌っていて、あの無口《むくち》なお手伝いのハンガー・アルソでさえも、「ホックホック、アアァゥー、バンバンバン」なんて、大声でさけんでいるのだ。

そうしてこれはヲールが口ぶえを吹くのをやめるまで、ワイワイ、ギャーギャー、ラララララ、アオアオずっと続いた。

ふいにヲールが「ア、ソウダ！」と言ったので、そこから二人で逃げ出すと「サバク」を渡って森まで走った。そこでヲールはボクにさっきの口ぶえの吹き方をていねいに教えてくれた。

「口ヲトガラセテ、舌《した》ヲ固《かた》メテ、息ヲ吹キ出ス――」

ヲールのとがらせた口は鳥のクチバシなみだった。

ボクがマネして口ぶえを吹いてみると足もとをリスがグルグル回りだして、ボクが口ぶえを吹くのをやめるまで回り続けていた。

ボクには口ぶえを吹く才能《さいのう》があるとヲールがほめてくれた。

夜中になるとヲールはボクの部屋までやってきて湖にもつれていってくれた。そして湖の大きな魚を捕まえる方法を教えてくれたのだ。それは「釣り」という方法で、エビの頭をちぎってシッポのからをとったのをエサにして、それをまがった針《はり》につけ、「さお」という木の枝の先に糸をたらしたので魚を釣りあげるやり方だった。このやり方だと湖に入っていちいち魚を追いまわさなくても、ただ待っているだけでいいのだ。

『ヒュルリラ、ルンロルーラリリルルリー』

ボクとヲールはのんきに口ぶえを吹きながら、大きな魚をつぎつぎに釣りあげていった。

でもヲールはまた何日か泊まっていくと、ボクに大きな釣ざおをわたしていつのまにかいなくなってしまった。

それから半年たって、ヲールはまたやってきた。今度は夜にやってきた。今度のドターン!! は、今までいちばん大きな音がしたから少し心配になった。

ヲール

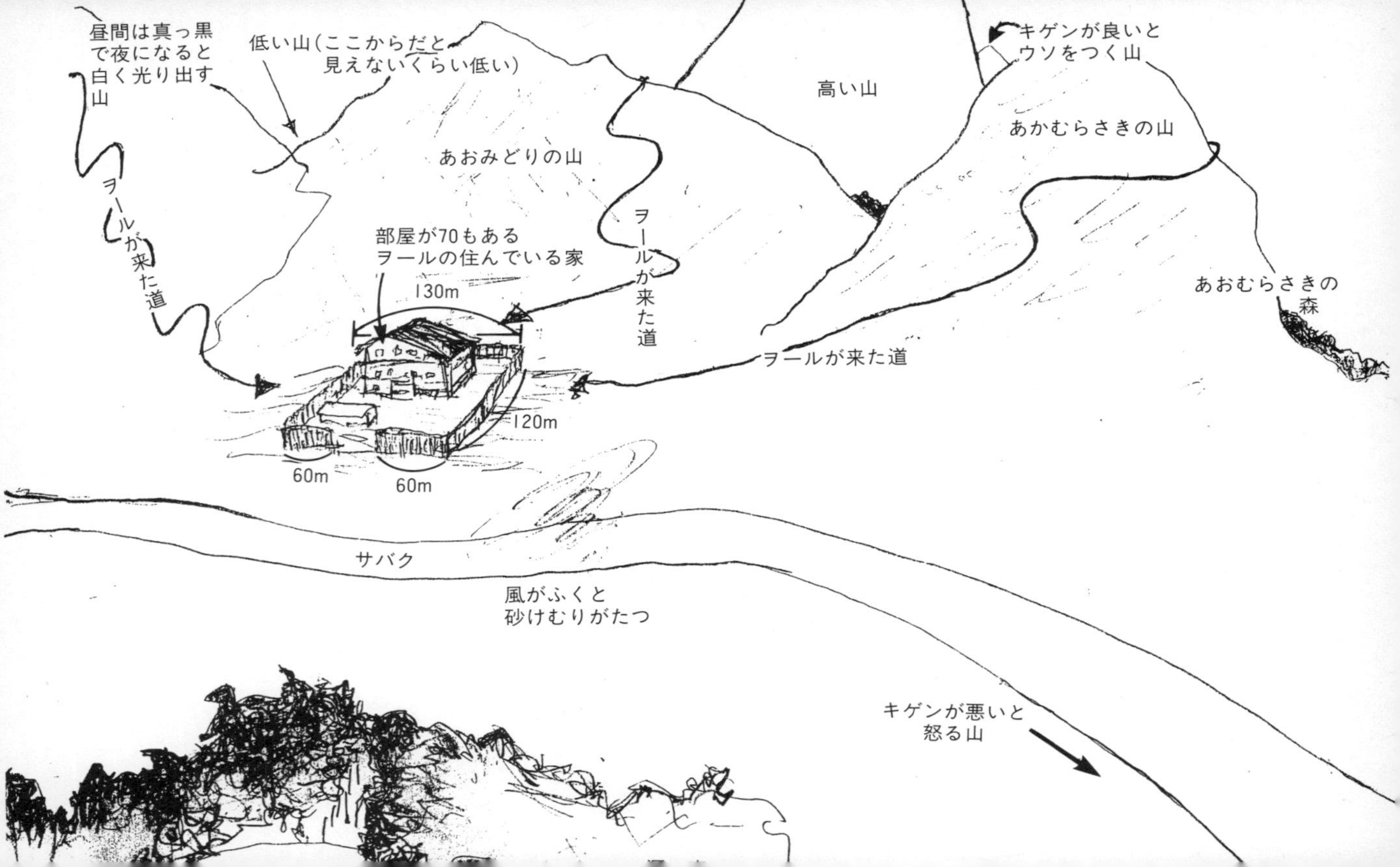

昼間は真っ黒
で夜になると
白く光り出す
山
低い山(ここからだと
見えないくらい低い)
キゲンが良いと
ウソをつく山
高い山
あかむらさきの山
あおみどりの山
ヲールが来た道
部屋が70もある
ヲールの住んでいる家
ヲールが来た道
130m
あおむらさきの
森
ヲールが来た道
120m
60m
60m
サバク
風がふくと
砂けむりがたつ
キゲンが悪いと
怒る山

ヲール

ボクはいちばん最初にヲールがぶつかった場所とは逆《ぎゃく》の方向の六十メートル先の塀のまがり角まで走った。とちゅうで転んで懐中電灯《かいちゅうでんとう》を石にぶつけてこわしちゃったので、あとは真っ暗な中を手さぐりで歩いた。そしたらその真っ暗な中に白く光る葉っぱを体中にかかえて、頭に大きなたんこぶもかかえて、ヲールは気絶《きぜつ》していた。

この時のヲールはいつもガムをかんでいた。眠っている時も、朝起きて「オハヨウ」と言う時も、歯をみがく時や食事をとる時まで、もういつもかんでいた。

ボクがそのようすをジッと見ていると　ヲールは一切《ひとき》れだけガムをくれた。ヲールのくれたガムは今朝飲んだミルクと同じ味がして、よくかんでからふくらませたあと十秒待つと紙ねんどみたいに乾《かわ》いて固まった。

――もっとやってみたかった。

ある日、ボクはとうとうガマンできずにヲールのガムを盗《ぬす》んでしまった。

でも前みたいにはウマクふくらませなかったし、それどころかヲールのたんこぶは、まるでふうせんガムをふくらませるみたいに大きくなって、ヲールは顔を真っ赤にして寝込《ねこ》んでしまった。

「どうしよう…」

ボクはまたひとりで塀の板の数を一から順に数えるしかなかった。一日中森の木の枝に逆さでぶらさがったり(もちろんひとりで)、その次の日からはウラ庭に深い穴を掘りつづけた。昨日も今日も、明日もあさっても、このまま掘りつづけたら、もしかしてまだヲールのガムを盗んでいなかった時のころにもどれるんじゃないかと思って掘りつづけた。

それから何日目かの朝がきた時、にわとりが鳴いてヲールの口ぶえが聞こえてきた。

『ヒュルルー、リラルンリリロリルルルー』

何んだか前に聞いた時とくらべて、音程《おんてい》がはずれていてリズムも狂《くる》っていた。でも深くてせまい穴の中にいるボクめがけて上からグルグルととびかかってくるような気がした。

「きっとヲールはカンカンになって怒ってるんだ…」

ボクは怖くなって急いで穴からはい出した。

「ヤア、深イネエ。コレワ私ノ記録ガヌカサレタカモナ《ぬかされたかもな》…」

肩まではい上がると目の前にヲールがしゃがみ込んでいて、ボクをジッと上からのぞき込んでいた。それからしばらくして笑顔を見せると、肩から下を一度に引っぱり上げてくれた。

ヲールはあい変わらずふくらんでいるたんこぶを手で押さえながら、

「イタタタタッ〜、力《ちから》ヲ入レルトマダ《まだ》痛ムナア…」

と言って、顔をしかめながら笑いながら、自分が泊まっている部屋へともどっていった。

ボクも急いで自分の部屋へもどると、盗んだガムを持ってヲールの部屋までお見舞《みま》いに行った。

ヲールは手作りガムの材料を探しに熱帯《ねったい》の森へ行く途中《とちゅう》だったと話してくれた。

そうして何日か眠ってたんこぶもなくなって元気になると、ヲールはボクに残りのガムを全部わたしてまた旅立っていった。

それから半年たっても一年たっても、ヲールはやってこなかった。

このあいだに泊まっていった人の中で、ヲールほど気が合った人はいなかったし、ボクと同じ名前の人もやっぱりいなかった。

ボクはまたひとりぼっちになっちゃったけど、でももう塀の板の数を一から数えようとは思わなかったし、森の木の枝《えだ》に一日中逆さでぶら下がるなんてこともしなかった。

ボクは一番最初にヲールがきた時に板を切ってけずってクギを打ちつけて、それを深い穴の中にかくしたことを思い出した。そしてそれに新しくタイヤと手で引っ張っていけるようにロープもつけて荷物を運べるようにした。あの時偶然《ぐうぜん》見つけたオンボロのラジオは時々ピーガーとなるだけだった。

ボクもこの家からいなくなっていいか聞いてみた。

エドおじさんはお皿を千枚洗ったらどこへでも行っていいと言ってくれた。

ボクは十日でかたづけた。

ハンブルおばさんは部屋の壁紙を全部かえて、きれいに掃除したら好きにしていいと言ってくれた。

ヲール

ボクは二十日でかたづけた。

お手伝いのハンガー・アルソは無口な人だったから何も言わなかったけど、一番遠くまでボクを見送ってくれた。

ハンガー・アルソと別れてから、途中、キゲンの悪い山がゴーゴーと怒っていて、ボクは初めこわかったんだけど、だんだん腹が立ってきたから、「ガーウ、ガゥオー」と怒鳴り返してやったんだ。そしたらとたんにおとなしくなっちゃったよ！

こんなふうにボクはそれからも歩きつづけたんだ。

三十日歩きまわって行き先も決めてないことに気づいた。

四十日歩いてさみしくなった。

ボクはヲールからもらったガムを大きく大きくふくらませて十秒数えると、入り口を作って中に入れるようにした（ふうせんガムのテントのようなもの）。その中は、むかし死ぬほど食べたりんごジャムのかおりがして、何だかそれだけでおなかがいっぱいになってしまう。

さて、これからどうするか考えた。いろいろ考えながら眠るのは好きだったから夢中になって眠った。

ボクは夢の中で五十日、山のふもとに向かって歩いていた。

目が覚《さ》めてそのとおりに歩いてみると、ボクの住んでいた家が建《た》っていた場所なんかよりももっともっと広くてたくさん家が集まって建っているところを見つけた。ボクは知ってる。これは「町」というのだ。そしてこの五十日間のあいだにヲールからもらったガムも無くなってしまった。

しばらく変わった人達とすれちがいながら、ボクん家みたいに泊まれる家はないか探してみた。でもダメだった。ボクは自分の家を建てるために、だれかに材料を分けてもらわないといけなかった。

「オイ、危《あぶ》ナイジャナイカ！　オマエミタイナ《みたいな》奴《やつ》ニ何人仲間ガ踏《ふ》ミ殺サレタカ！」

だれかが足もとでミィーミィーキーキーうるさく騒《さわ》ぎたてている。

見るとだいたい十センチぐらいの小人達がボクの足に飛びついたり、クツをかじったり、中にはボクの荷物から何か盗み出そうとする奴までいた。でも突然どういうわけか小人達はいっせいに草むらの中へと逃げてしまった。

「マッタク毎日毎日ミィーミィーキーキーウルサイ《うるさい》奴ラダ。アアイウ奴ラワ見テイルダケデ《だけで》イライラスルネ《するね》!!」

　見上げると今度はボクが三人、いや四人重《かさ》なってもまだ足《た》りないくらいの大男が、本当に腹を立てたようすで足をドタドタさせていた。

「ソノグライノ《そのぐらいの》背トイエバ、アッチ《あっち》ノ南ノ方カラ来タ奴ダナ。マア《まあ》、デモソノ《その》グライノ背ダト、イロイロ《いろいろ》ト大変ダロ…」

　そう言ってこの大男は一歩でボクの目の前まで来ると、わざとらしく背伸びをしてボクを見下《お》ろした。ところがまた突然顔を真っ青にして（高くてよくは見えなかったけど、ひざから下は真っ青でガクガク震えていたからたぶんそうだ）仲間のいる方へと逃げていった。

　辺りが急にうす暗くなった。

　ふり向くと、さっきの大男とは比べものにならないくらいの、もう山に腰《こし》かけるくらいの大男があらわれた。

　ボクはちっとも怖くなかった。本当だよ。だって足をドタドタさせるなんてことはしない、すごく紳士的な大男だったから。

このチル・ローロっていう大男《ひと》が、板っきれ一枚だったらやると言った。

こうしてボクは六十日かけてこの板っきれ一枚で自分の家を完成《かんせい》させることができたし、おかげで本物の大男の目がどれぐらいの大きさなのかもわかった。もちろん家を囲んでいる塀にはリスの目ぐらいの穴も開けたし、ボクの目ぐらいの穴も開けたし、この大男の目ぐらいの穴も開けた。

でもいくら塀に穴を開けてみても、友達まではなかなかできなかった。

毎日家の前でくちばしのとがった鳥が鳴くだけだった。ところがある日だけは、鳥が鳴く前にあのオンボロのラジオがピーガーと鳴って、それに負けまいとくちばしのとがった鳥はいっそうくちばしをとがらせてムキになって鳴いていた。

「クルルッー、ウーロルー、リリリリー!!」

「あっ…」

ボクはヲールの口ぶえを思い出した。

『ヒュルリラ、ルンロルーラリリルルリー』

何も起きない。ボクはもう一度吹いてみた。

『ヒュルリラ、ルンロルーラリリルルリー』

どこからかガヤガヤして、しばらくすると町中の人が集まってきて、みんな歌ったりおどったりスゴクにぎやかになった。

六月二十九日、この日から町中の人が毎日毎晩ボクの家に遊びに来るようになった。ボクはうれしくなって七十日かけて地下《ちか》に七十もの部屋を造《つく》った。

小人もチュウ鳥も大男も人噛《か》みライオンも泊まりに来た。自分は太陽の子供だと話す人もいた（みんな信じなかったけど、この人の影はオレンジ色に光っていた！）。

あとボクと同じように南の方から来たっていう人も何人かいて、その中には捕《と》りたてのエビをたくさん持ってきてくれる人もいた。でもみんなに出す料理にするには少なすぎたから、ボクは近くの湖にかよい始めた。

よく遊びに来ていたクーリー・ククス・クッキーはよく料理を手伝ってくれた。ドリス・トーストも、魚やエビのおいしい焼き方を教えてくれたし、パン・リーバンは魚やエビにいちばん合うパンを選《えら》んでくれた。

みんないっぱい手伝ってくれて、だからボクもみんなの家をまわってお皿を洗ったり、部屋の壁紙をかえたり、ドタドタと大男にけっとばされた鳥小屋を建て直したりした。

とくにヲールの口ぶえは教えてあげるとみんな夢中になってマネしておぼえようとした。

みんなすごく喜んでくれてこれまで以上にボクの家はにぎわいだ。

素敵《すてき》なことは続けて起きるものだ。

――ドターン!!

いつかみたいに塀がものすごい振動でゆれた。

それは地下室ができてちょうど八十日目のできごとだった。

ヲールはあいかわらずガムをかんでいて、熱帯の森で採《と》れたフワラーフラの樹液《じゅえき》だと言って水筒《すいとう》の中身をのぞかせてくれた。

この日からヲールはまた新しいガム作りを始めた。何日も何日も七十番の部屋にとじこもっていたから、ボクは毎日食事を運んであげた。

そうしてボクが食事を運びつづけてちょうど九十日目、ヲールはこの部屋から姿を消した。そう。またいなくなっちゃったんだ。

そのかわり、ボクはテーブルの上に小さな箱《はこ》と手紙を見つけた。

> このガムはフワラーフラの樹液で作ったガムです。ふくらませて二十秒数えると、まるで紙ねんどみたいに乾いて固まって、どこか遠くへ飛　んでいってしまいます。
> それではまた会える日を楽しみにしています。
>
> 親愛《しんあい》なるヲールへ
>
> ヲールより

また家の前でくちばしのとがった鳥が鳴くだけの日がつづいた。

ヲールの口ぶえはみんなが吹けるようになって、わざわざボクの家に泊まりにくる人はいなくなったのだ。

「みんな教えてあげるといいなくなっちゃうんだね…」

いいコトがつづくと、悪いコトもつづくんだってわかった。

次の日、口ぶえに興味《きょうみ》がなかったクーリー・ククス・クッキーとドリス・トーストとパン・リーバンも旅立った。

クーリー・ククス・クッキーは魚やエビ以外でも料理を作りたいと、他の町を探しに行った。ドリス・トーストも魚やエビ以外のものを焼いてみたいと言っていた。パン・リーバンに関《かん》してはよくは知らないのだけど、たぶんパンに合う食べ物を魚やエビ以外で探したかったんだと思う。

ボクはあのお手伝いのハンガー・アルソみたいに無口になって、七十番の部屋にとじこもって何日も何日も考えた。そして決めた。

「ボクもまた旅立つ」

ボクはまず深い穴を掘った。そしてその中で、あの板を切ってけずってクギを打ちつけてタイヤとロープをつけて荷物を運べるようにしたのに、さらにまた板を四枚縦《たて》に打ちつけて、自分が入れるくらいの箱を作った。

〝まるいものは宙に浮きやすい〟

これは太陽の子供が言った言葉なんだけど、ボクも同感《どうかん》だった。ボクはヲールにもらったフワラーフラのガムを大きく大きく空に向かってふくらませて、二十秒数えて紙ねんどみたいに乾いて固まったのを確認してから、ロープでさっき作った箱にくくり付《つ》けた。つまり気球を作ったのだ。ボクは急いで荷物といっしょに乗り込んだ。

ボクの家にだれも来なくなって、ちょうど百日目。

ヲールの手紙に書いてあったとおり、ボクはどこか遠くへ飛んでいってしまったのだ！

――ギュイーン、ビューゥビエジーン

空高く浮かんだ雲のあいだから、ボクの建てた家を頭にかぶって山に腰かけながら口ぶえを吹いているチル・ローロの姿が見えた。

あの家はチル・ローロにあげたのだ。もとの材料から言えばチル・ローロの物なのだから、正しくは、形を変えて返したことになる。暑くなって陽射《ひざ》しが強くなってきたので帽子《ぼうし》を欲しがっていたのだ。サイズも頭の大きさとちょうどピッタリだったので、チル・ローロはすごく喜んでいた。

突然ラジオが鳴りだした。
――ピーガー、キュイーン
『コチラ、ヲール、ヲール。
コチラワヲールノ放送デス。
ワタシワ今、モノスゴイスピードデ坂道ヲ
オリテイテ止マルコトガデキマセン。
ソッチノヲールワ早ク、塀ノアル家ヲ、
マタ建テテクダサイ…！　ドウゾ…』

ヨンネヒョルゲンブックサンジ

それは何が怖いのか、まだ昼前の空がひどく青ざめていた日。

サンジがイスに座っていると、突然《とつぜん》手足や首が動かなくなった。

「あ、やや！」

すると、たたまずに山積《やまづ》みにしてあった服の中から、

「やあ、オマエの家の中はオマエの名前と同じくらいゴミゴミしていて仕方ないなあ」

と小人《こびと》が出てきて言った。

サンジは少しでも自分が驚《おどろ》いた様子を見せれば、たちまちどこかへ連れていかれるか、自分も小人にされると思って、

「やあ、それはどうかな。だいたいが君は、私の名前を知っているのか？」

と聞き返した。

小人は真緑色の髪をグルグル巻《ま》きにして頭の先をとがらせると、とんがり帽子《ぼうし》をかぶっているように見せかけて、その場にあぐらをかいて座り込んだ。

「君とは何んだ？　オマエのことか？」

小人はキゲン悪そうに鼻をヒクッと動かした。

「ああそうだ、オマエのことだ。オマエは私の名前を知っているのか？」

サンジは「なんだ。バカな小人だ」と心の中で笑った。

「私とは何んだ？　もしかしてオレのことか？」

小人はますますキゲン悪そうに鼻をヒクッと動かして、サンジが少しバカにした分も鼻をヒクッと動かして言った。

「しまった、心の中身がわかるようだ…」

とサンジがこれも心の中でブツブツと言って、あせって顔をゆがめたので、小人はしっかりニヤッと笑って、いかにもキゲン良さそうに目をグルグルまわした。

「オマエの名前はヲンネヒョルゲンブックサンジだろう？　どうだ？　ヲンネヒョルゲンブックサンジだろう？　ヲンネヒョルゲンブックサンジだろう？」

小人は何度も繰《く》り返して空《そら》で言えるのを自慢《じまん》しているようだった。小人が言った名前は正しかったが、あんまり小人が調子《ちょうし》良《よ》く自分の名前を繰り返すのでサンジはイライラしてきて、だからわざとキゲンを損《そこ》ねた顔をして、

「違う違う、ヲンネヒョルゲンドプ、ブックサンジだ！」

と少し違う名前を言ってやった。もちろん心の中でも、「本当だ、ウソじゃないぞ、本当だ」と言うのを忘れなかった。

するとカ人の顔色がパッと変わって、あわてて立ち上がって何かメモのようなものを取り出すと、それに顔をひどく近づけたまましばらく固まったみたいに動かなくなった。

「確かにか!?」

小人は四歩前に出てきて言った。

「ああ、確かにだ!!」

サンジもちっとも動かない手足や首を、無理《むり》やり動かそうとしながら言った。

「確かにか…?」

小人がサンジの顔をのぞき込むようにジッと見つめたので、サンジは急《いそ》いで心の中でも、「ああ、確かにだ!!」と繰り返した。

すると小人は何ともきまり悪そうに、また山積みになった服の中にもぐり込んでいった。

『おい、どういうことだいったい!!』

『きちんと調べたのか？』

『そんなことより、オレは恥《はじ》をかいたんだ、どうしてくれる!!』

服の山の中からは、何かミーミーと言い合っているのが聞こえてくる。他にもまだ小人がいるみたいだ。

『それよりも、ヲンネホルダンブックサンジじゃなかったのか？』

『違う！　ヲンネヒョルゲンブックサンジのはずが、ヲンネヒョルゲンドプ、ブックサンジだと言われたんだ!!　きちんとおぼえろ!!』

『何んだと、だいたいオマエがきちんと聞かないからだ！　きちんと心の中は読んだのか!?』

『ああ、読んださ！　アイツが心の中で、〝本当だ、ウソじゃないぞ、本当だ〟と言うのをきちんと聞いたんだ!!』

『確かにか…!?』

『ああ、確かにだ!!　それも聞いた！』

小人達が、何か自分の名前のことでケンカしているみたいだったので、サンジはうれしくなって、「ハハハハハハー」と笑ってから、「バカな小人達だなあ」と言って、「早く私を動けるようにしなさい！」と怒ってから、「ハハハハハー」とまた笑った。

すると突然さっきの小人がパッと顔を出して、

『何か言ったか？』

とサンジをジッとまた見つめたので、サンジはあわてて目をパチッと開いて、口をムッと閉じてから心の中でも『本当だ！　ウソじゃないぞ、本当だ!!』と大声で叫《さけ》んだ。

それがうるさく響《ひび》いたのか、小人はビクッとして胸《むね》の辺《あた》りに手をやると、ガックリと首を曲げてまた服の山の中へもぐっていった。

『それみろ！　ウソじゃない、本当なんだ…』

『どうするんだこれから！』

『きっとアイツは怒っているぞ、ひどくキゲンを損《そこ》ねていたからな…』

『オマエが名前を間違《まちが》えて呼ぶからだ！』

『何おうー！　調べたのはオレだけじゃない、オレだけの責任《せきにん》じゃない!!』

『おい、ケンカはやめろ！』

『アイツが怒るのももっともだが、それよりもオレ達の立場がまずくなる。小人のくせに名前を呼びまちがえるなんて…』

『どうするんだこれから？』

『どうするって言ったっていったいどうするんだ…、名前を呼ぶのをやめて逃げるか？』

『バカ!! そんな不正《ふせい》がバレたらオレ達全員、葉っぱと小人の半々の生き物にされる！ 頭と右手だけ今のままで、あとは全部葉っぱになるんだぞ！ それでもいいのか!?』

『だったら謝《あやま》るか？…』

『あぁバカ！ 小人が謝ったりしたら、ああ、コイツは弱いのかと思われて、名前を呼び終《お》わって体が動けるようになった後すぐに食われてしまうぞ!!』

サンジは耳を澄《す》ましてその会話《かいわ》を聞いていたので、

「ああ、おなか空いたなあ！ 緑の豆なら二十粒は食えるなあ！」

と言ってやった。

そのとたん、山積みの服の袖《そで》やら襟《えり》やらズボンのポケットやらが、おおげさに何度も飛び出たり引っ込んだりした。

『今の聞いたか？　やっぱり後でオレ達を食う気でいる！　きっと緑の豆とはオレ達のことなんだ…』

『まあ、バカ、落ち着け。アイツは緑の豆二十粒と言った。ところがオレ達は何人だ？　たった四人だ。オレ達のことじゃないのさ…』

サンジはさっきよりも耳を澄まして小人達の会話を聞いていたので、

「まあ、ひとまずは四粒ほどあれば足りるな！」

と言ってやった。

とたんにまた、山積みの服の袖やら襟やらズボンのポケットやらが、おおげさに何度も飛び出たり引っ込んだりして、それから上着のボタンまでピンッピピンッと飛び跳《は》ねた。

『ああどうする？　今度は四粒だ、確かに四粒と言った！　四粒とは四人のことだ!!』

サンジは、小人達のミーミー騒《さわ》いだ様子が不思議《ふしぎ》でおかしくて仕方なかった。でももういいかげんに体の自由がきかないのにはさすがに頭にきて、サンジは歯をガチガチ鳴らすと舌《した》なめずりをして大声を出した。

「やい小人達！　私の体を早く自由にするんだ！　でないと後でオマエ達を一度に串《くし》に刺《さ》して食ってしまうぞ!!」

すると山積みの服の間《あいだ》から、小人が四人コソコソと首から上を出して、

「自由にするのは首だけじゃダメか？」

と聞いてきた。

サンジがダメだと言うと、小人達は四人で何か相談してから足を出して、

「足も自由にしてやるがダメか？」

と聞いてきた。

サンジがダメだと言うと、小人達は四人でまた何か相談してから今度は手は出さずに、

「手まで自由にしたらオマエは串を持ってきて、きっとオレ達を食ってしまう…！」

と悲鳴のような声を出した。

だからサンジはできるだけやわらかい声で、

「そんなことはしないさ。首と足と、あと手も自由にさえすれば、けっして君達を一粒二粒とは数えない。誓《ちか》うよ…」

と答えた。小人達はまた四人で相談すると、一番初めに会った小人（四人とも顔はソックリだったが、グルグル巻きの髪のとんがり具合《ぐあい》からいってそうだと思う）が四歩前に出てきて、「確かにか…!?」と、いかにも疑《うたが》った顔をして聞いてきた。

「ああ、確かにだ!!」

サンジはまたかと思って答えた。

「オマエの名前を間違って呼んだこと…、そのぉ…、怒っていないか…？　できればそのぉ…、ナイショにしておいてくれないか？　小人が名前を呼び間違えたなんてことが辺《あた》りに知れたらどうも気まずい…」

一番初めの小人がそう言うと、とたんに残《のこ》りの小人達はゴホングホンとせきをしだして、目をキョロキョロさせながら、それでも無理に胸を張って体をわからないくらいに震わせていた。

ヲンネヒョルゲンブックサンジ

小人達はどうもこのことを一番気にしているようだ。

「ああもう、そんなこと全然気にしてないよ。それに誰にも言わない、ナイショにしておく…。だからなあ…、わかっているだろ？　早く首や手足を自由にしてくれ…」

サンジはもうとにかくこの金縛《かなしば》りみたいな状態《じょうたい》をやめてほしくて、まるでバカみたいにニコニコ笑いながら心の中でも、「気にしてない！　気にしてない！」と何度もくり返した。

「確かに気にしてないか？」

小人はまた疑り深そうにサンジの顔をのぞき込むと、ジッと見つめてから心の中身を読んだ。

「気にしてない！　気にしてない！」

確かにサンジは心の中でも、そう言っている。

小人達はやっと安心した様子でホーッと一息つくと、今度は四人で相談と言うよりは顔を見合わせてクシャクシャに抱き合って喜んだ。

「それじゃあ私の首や手足を自由にしてくれるな？　早くしてくれ！　もう

体がしびれて痛くて痛くて仕方ないんだ…!!」

サンジは何度もまばたきをしながら泣きマネをした。

「ああ、するする! 今すぐ自由にしてやるから、そう泣くんじゃあない!!」

そう言って四人の小人の内三人が、空中をキュッキュッとまるで階段でものぼるみたいに歩いて、そろってサンジのすぐ目の前まで近づいてきた。そうして何かやっぱりブツブツと言いながら、一人は首に、一人は手に、もう一人は足に近づこうとした。

サンジがケロリと泣くのをやめて、

「やっと自由になれるな…」

とつぶやいたので、首のところにいた小人が、

「やい、のどをモゴモゴ動かすな!」

と怒鳴った。

サンジはそれを聞いて、ますますいよいよだなと思った。

でも、ああでもその時、ああもう嫌な邪魔《じゃま》が入った!

「おーい、ヲンネヒョルゲンブックサンジーっ、いるかー!!」

誰かがそう言ってドアをノックして逃げていったのだ。

小人達は何かブツブツ言いかけていたのをピタリとやめて、下で見ていた一番初めの小人も勢いよく上まで空中を走ってきて、

「おい、今のはいったいどういうことだ!?」

とギンギン声で怒鳴った。

サンジは何も言えず、心の中も真っ白になった。

「やいやい、今のはどういうことだ！　やっぱりヲンネヒョルゲンブックサンジで正しいんじゃないか！」

四人の小人達はサンジの前に立ってグルグル目をまわしながら、両手を腰にあててサンジを見下《お》ろした。

「知らない知らない、誰か何か言ったか？」

サンジはあわてて、目をそらした。

「やい、ごまかしてもムダだ!!　今オマエがしまったと心の中で言ったのをしっかりとオレは聞いたんだ!!」

「本当だ、ウソじゃないぞ、本当だ」

サンジはすぐに心の中で、くりかえして言った。

ところがどうしてもその後に、「しまった、しまった、ウソがバレた！」という気持ちが入ってってしまう。小人はそれをまた心の中で聞いて、しっかりニヤッと笑った。

「まったく、とんでもない奴だ…!!」

「小人をからかうなんて…」

「まったく手間をとらせやがって…！」

首と手足にいた小人達もチャッと舌打ちをしたりして、すっかりヤル気を無《な》くしたといった様子でサンジをにらんだ。

「やあ、悪かった。ついな…」

サンジはこれ以上ウソをついてこの小人達を怒らせたら、首も手足も一生動かないままか、良くてもどこかへ連れていかれて自分も小人か葉っぱにされるなと思って素直に正直になった。

「じゃあ、やっぱりヲンネヒョルゲンドプ、ブックサンジではなく、ヲンネヒョルゲンブックサンジでいいんだな？」

ヲンネヒョルゲンブックサンジ

小人にそう聞かれてサンジはうなずこうとしたが、首がまだちっとも動かないので、「そう…」と小さな声で答えた。

「まったく、どうしようもない…」

と小人はブツブツ言いながらメモを取り出すと、

「では名前を呼ぶから返事をしなさい。ヲンネヒョルゲンブックサンジ！」

とよくとおった声で名前を読みあげた。

他の三人は手をつないで、その声に聞き入るように目を閉じていた。

でもサンジが「そう…」とどうでもいいように返事をしたので、三人は気分を壊して肩を落とすと、何度も首をかしげてまたチャッと舌打ちをした。

「まったく、どうしようもない…」

「まるでヤル気がないな…」

「まあいい、もう次の家に行かないと仕方がない！」

そう言って小人達は四人で手をつなぐと、またキュッキュッと空中を歩いて窓を開けっ放しにしたまま屋根の上の方にのぼって見えなくなった。

「やい、四人の小人！　私の体はどうしてくれる、このまま動けないままか!!」

サンジがあわてて怒鳴ると、開けっ放しの窓が少しカタカタと揺れて、

「ああ、これはこれは忘れてた。まあオマエの返事ぐらいだと治るのはだいぶ遅《おそ》めだな…」

という声がして静かになった。

それからサンジの体がもとに戻ったのはその日の夜遅くだった。もう首をグルグルまわしてしゃがんだり立ったりできたが、サンジはおなかが空いてフラフラだったので何か食べようとした。でも手のしびれだけはなかなか治らず、サンジは串を一本がんばって握《にぎ》って一粒二粒と数えながら緑の豆をクシャクシャと食べた。

その時突然また開けっ放しの窓がカタカタと揺れて、

「もっときちんと返事をしていれば、もっと早く自由になれたのにな…」

と聞こえてきたのだ。

サンジは開けっ放しの窓をピシャッと閉《し》めると、チャッと舌打ちをしてからキゲン悪そうに鼻をヒクッと動かしたのだった。

ヲンネヒョルゲンブックサンジ

さて最後に、ヲンネヒョルゲンブックサンジは大人になって保育園の先生になった。そして、「散らかっている部屋には小人が出やすいので注意が必要！」と、ジャングルジムにつかまりながら子供達に教えたのだ。

子供達は半分以上が怖がって、その顔はあの日の空ぐらい青ざめていた。

サンジとケモノ

晴れた広い広い原っぱに建てた家で、サンジはただ、本当に何げにただ草をちぎって投げたりしていた。

少し疲《つか》れて休んでいると遠くの方から何か黒いものがやって来て、ノッシノッシとサンジに近づいて来て、よく見るとそれは何か毛むくじゃらで白目以外は全部真っ黒の四本足のケモノだった。

――ザアァーアーアーアーアーアー
サンジが一番驚《おどろ》いたのは、他はすっかり晴れているのにその真っ黒いケモノの所にだけ、まるでライトの光りでも浴《あ》びるみたいに雨《あめ》が降《ふ》っているということだ。

ケモノ自身も歯をむき出しにして、ズブ濡《ぬ》れになりながらキゲン良さそうにニヤリと笑っている。

「やあどうだ、いいだろう!!」

真っ黒いケモノはそう言って一人だけ雨の中で踊《おど》り出すと、それからしばらくして、

「お前のカッコウはつまらないなあ…、それぐらいのカッコウだと、毎日ど

うしても退屈《たいくつ》で仕方ないだろう…」

　といかにもサンジを気の毒そうに眺めた。

　でもサンジが不思議《ふしぎ》がって雨の降ってくる先のずっと上の方を見ようとすると、そのケモノはウーッとうなって、サンジの周《まわ》りをサンジをにらみつけながら、グルグルと歩き出した。

　サンジは噛《か》まれるのは嫌《いや》だったので両手を上げると、そのケモノはまたキゲン良さそうにニヤリと笑って、

「オレの雨のヒミツ、そんなに知りたいか？」

　とまた一人で雨の中で踊り出した。

「知りたいか？　そんなに知りたいか？」

　サンジは少し腹が立ってきたが、自分だけに雨が降っているなんてどんな気分かちょっとだけそんなカッコウもしてみたくなって、元気よく答えた。

「ああ。できれば聞きたいねえ！」

　ケモノはますますニヤリと笑って、何よりもうれしそうに歯をガキガキ鳴らして、そら来たとばかりにこう叫んだ。

「ある朝起きたら、カラカラに乾《かわ》いた髪《かみ》の毛《け》が体中《からだじゅう》のあちこちに生《は》えていたのさ！」

「ほう、そうかそうか」

サンジは熱心に聞き入ってから、

「じゃあ、私にも生えるか？　私にもそんな髪の毛生えると思うか？」

と質問《しつもん》した。

ところがケモノはサンジの熱心な言い方をまるで無視《むし》して一息つくと、いかにも偉《えら》そうに、

「うーん…、どうかなあ…。むずかしいなあ…。でもまあムリだろうな…」

とサンジを冷たくつきはなした。そして大きなあくびをすると、

「さてと…、帰るかな！　ええっと…、いち、にい、さん、しい、ごお、ろく…。よしよし、カラカラの髪の毛はきちんと六本あるな。話をしているうちに盗《ぬす》まれでもしたらまったくつまらんからな！」

と言って、もう一度ニヤリと笑ってサンジをチラチラ見ながら、これもやっぱりノッシノッシと来た道をまたキゲン良さそうに帰っていった。

　サンジはすぐに家に帰ると、自分にも何か変わった髪の毛はないか、鏡《かがみ》を見ながら一本一本持ち上げて調べてみた。

「なんだ…、無《な》いな…」

　サンジがガッカリして髪をグシャグシャにすると、一本だけオレンジ色に光る髪の毛が鏡に写《うつ》るのが見えた。

　サンジはニヤニヤしながら、明日あのケモノに見せてやろうともっとニヤニヤしながら、ケモノが帰っていった方の道を窓から眺めてその日は眠った。

　次の日の朝、サンジは日がのぼる前から庭の草をちぎって投げたりしながら、昨日のケモノを待っていた。でもまだやって来ないので、まだ待っていると、すっかり日がのぼってきて頭の真ん中がジリジリと熱くなってきた。手で触《さわ》ってみると、昨夜《ゆうべ》のオレンジ色の髪の毛が太陽の熱で火傷《やけど》するほどに熱くなっていた。

　オレンジ色の髪はどんどんどんどん熱くなって、「熱い熱い熱い熱い熱い」とサンジが昨日のケモノみたいに踊っていると、それはとんでもない事が起きた！

サンジの頭の上にだけ雪が降り積もって、まるでコック長の帽子《ぼうし》でもかぶっているみたいになったのだ。それはみるみる積もって、世界一の大男でも背伸びするほどだった。

――ザアァーアーアーアーアーアァー
そこへ昨日の真っ黒いケモノが今日はダッタカダッタカ走ってきて、

「やや、何んだそのカッコウは!!　なかなかいいじゃないか!!」

と言って、うらやましそうにサンジを眺めた。

サンジが昨夜見つけたオレンジ色の熱い髪の毛のことをケモノに話すとケモノは、

「譲《ゆず》ってくれ！　譲ってくれ！」

とうるさく騒ぎ立てた。

でもサンジが、「うーん…、どうしようかな…。むずかしいなあ…。でもまあ、やめておくか…」と昨日のケモノの言い方をマネして言ったので、ケモノはウーッとうなった後《あと》ひどく落ち込んでから、トボトボと帰っていった。

サンジとケモノ

——ザァァーァーァーァーァーァー
ああもう、ところが次の日から…。
ケモノはどうもまだあきらめていないようで、サンジが雪の降り積もるカッコウに飽《あ》きて熱い髪の毛を捨《す》てるまでの間《あいだ》、サンジの周りをサンジをにらみつけながら毎日グルグルグルグルグルと歩いて回ったのだ。

さて最後に、サンジは大人になって保育園の先生になった。

そして子供達に、「自分の頭に様子の違《ちが》った髪の毛を見つけた場合は、次の日、外に出てから何が起こるか楽しみにしてなさい。あと、朝起きて世界一の大男が背伸びをしていたら、近くに真っ黒いケモノがいるということだから、その髪の毛を盗まれないように気をつけなさい」と、花壇《かだん》の草をちぎって投げながら教えたのだ。

子供達は半分以上が真っ黒いケモノに会いたがって、三人だけは背伸びした世界一の大男だった。

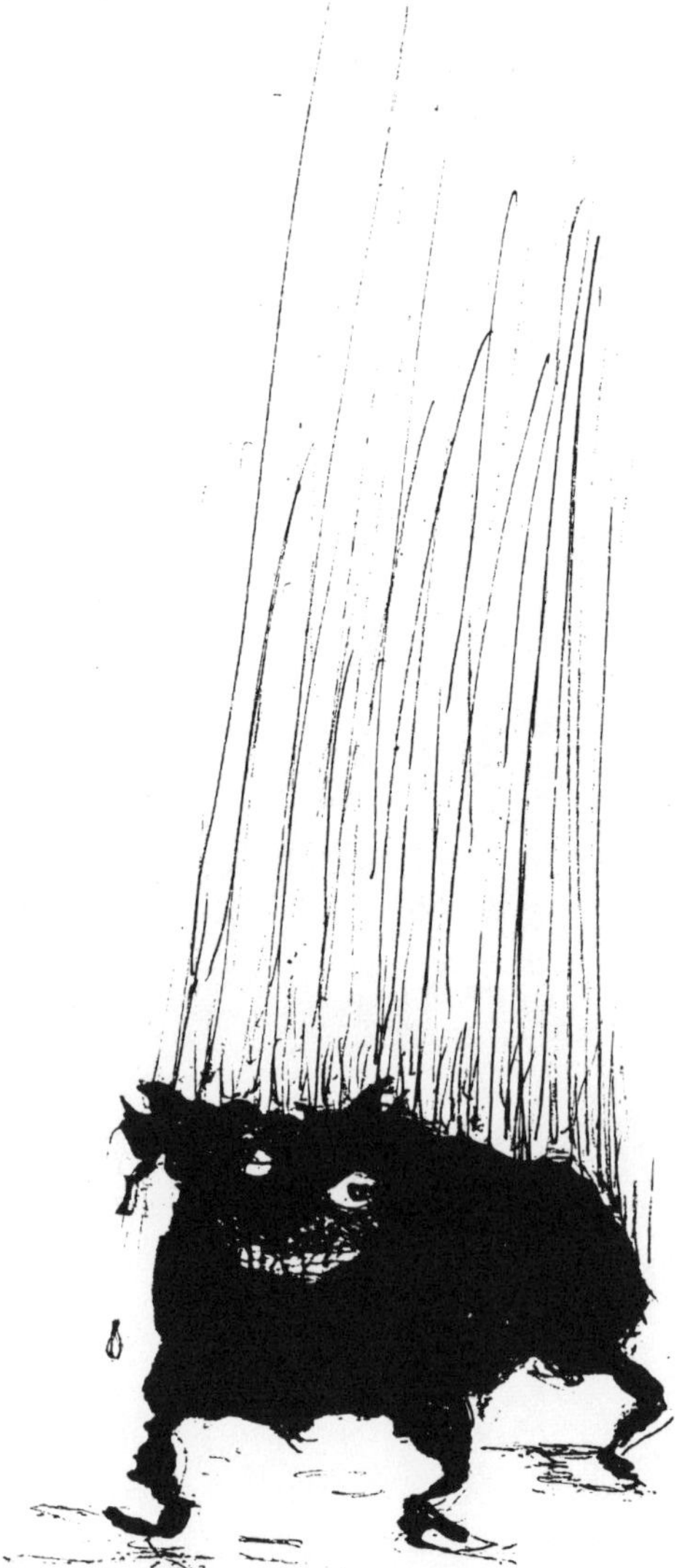

サンジとクリーニング

なんとも涼《すず》しげな土曜日の朝に、サンジは家のドアを開けたり閉めたりしていた。

――キーガッタンッ、バットンキーッ

あんまり良い音がするのでサンジはおもしろくなって何度もくり返していた。そしたらドアを閉めたところで開《あ》かなくなって、サンジは家から締《し》め出《だ》されてしまった。

「おい、これはどうしたんだ？」

サンジはたぶんドアが壊れたんだろうと思って、裏の窓から入ろうとした。すると誰かが家の中から窓に鍵《かぎ》をかけて、あわててカーテンを閉めるのが見えた。

「おい、やい！　いったい誰だ!!」

サンジはあわてて玄関《げんかん》まで戻った。

「おい、開けろ！　いったい誰だ!!」

サンジはドアをドンガンたたいて大声で叫んだ。

『ノックヲシテモダメ。ノックヲシテモダメ…』

中からハーモニカを吹いたような声がしたかと思うと、なんとサンジの家は空高く舞いがって飛んでいってしまったのだ。

サンジは急いで追いかけたが、家はアッという間に雲に食べられてしまった。

「ああ、なんということか!!」

サンジはその場につっ立ったまま、空を見上げるしかなかった。

あとに残ったのは、前にサンジが大工道具をもらってうれしくて作った郵《ゆう》便《びん》ポストだけ。

「ああ、なんということか!!」

サンジはあまりの出来事にとうとう泣き出して、それから十分間泣き続けた。

その夜は地震まで襲ってきて、もう怖くて腹が立ってくやしくて眠れなくて、意味のわからない大声を出し続けた。

それから三日目ぐらいになると、ニヤニヤした変な旅人が近づいてきて、

「やあ、あんたも家を出したのかね？　私は大きなくしゃみをしたらバスに

サンジとクリーニング

逃げられてね。ここまで来るのに三日もかかったよ。でももうすぐ着くから」と意味のわからないことを言ってきたので、サンジは五日目ぐらいまで、ますます意味のわからない大声を出し続けた。

八日目ぐらいになるとサンジは気が抜けてどうでもよくなって、眠っているか本を読んでいるみたいに静かになった。するとその日におかしなバスが恐る恐る近づいてきた。

『ビービー!』と音をたててうるさくしたので、サンジはまた腹が立ってきて、『びーびーっ!』と今までで一番大声で怒鳴り返してやった。

バスは、『ガタンッ』と驚いて前輪のタイヤをパンクさせ、『ヒーヒー』と言いながら、あおむらさきの森の中へ消えるように逃げていった。

九日目の夜中にはまた大きな地震があって、そうしてとうとう十日目の夜明け前になるとサンジは疲《つか》れきってただ一つ残った郵便ポストにフラフラともたれかかった。

——カタンッ、キィーン…

郵便ポストも疲れていて、サンジと一緒にその場に倒れ込んだ。

「やれやれ仕方ないなあ…」

サンジがポストを面倒くさそうに起こすと、ポストが口を開けて中から手紙を吐き出した。

「手紙なんか今さら…、読む気も起きん…」

今度はポストにはもたれないで封筒を見ると、日付は家が飛んでいく一週間も前になっていて、中身はこうだった。

サンジとクリーニング

サンジ様のお部屋はひどく散《ち》らかっていて、どうしようもなく汚れていると、誰もかれも言っています。

（小人が出るくらいなのですから…）

つきましては、今度の土曜日にサンジ様の家ごとクリーニングへ出したいと思う次第《しだい》でございます。

期間《きかん》はほんの十日です。

万が一お断り申し上げられます場合には、当日、けして外出なさらないようお願いいたします。

(外出なされた時点で、私どものご案内をお受けしたものと判断いたします)

なお、その間《かん》サンジ様に泊まっていただくホテルへは、おかしなバスが迎《むか》えにあがります。

(またなお、迎えのバスはひどく怖がりで臆病《おくびょう》です。けして大声をあげたり、むやみに驚《おどろ》かしたりしないようよろしくお願いいたします)


まだ夜明け前の薄暗い中、サンジは一行ずつ指で押さえながら、やっと読み上げた。

「ああもう、なんだ! こんな手紙が届いていたのか!!」

サンジがそう言った時、ちょうど朝日がのぼって明るくなった、と思ったら、また辺りが薄暗くなった。振り向くとサンジの家が今まさに着地しようとするところで、朝日をかくしながら今まさに着地した。

見ると壁のペンキはきれいに塗《ぬ》りかえられ、屋根も窓もまあ、きれいになっていた。

「なるほど。クリーニングだ」

サンジはせっかく戻ってきた家がまた飛んでいってはかなわないと思って急いでドアを開けると、今度はしっかり中に入って鍵をかけた。

「ああ、なんということか!!」

家の中はきれいはきれいでも、家具やら何やら全部なくなっていて、すっかり空っぽになっていた。そしてよく見ると、部屋の真ん中にはさっきと同じような手紙がどうでもいいように落ちていた。


さてさてサンジ様。せっかく上等のお部屋を空けておきましたのに、当ホテルを御利用《ごりよう》になられず大変残念に思っております。お預かりしておきました家中のお荷物ですが、最終日になりましてもお受け取りに来られなかったので、こちらの方で永久《えいきゅう》に預からせていただきます。とても上等の家具やら何やら、ありがたくちょうだいいたします。それからもうひとつ、ホテルを建てる際《さい》と、壊《こわ》す際に、地震が起きることをお伝えできなかったこと、深くお詫《わ》び申し上げ

サンジとクリーニング

ます…。

どこかのクリーニングです

さいわい大工道具は屋根裏の隠《かく》し扉《とびら》の奥へしまっておいたので持っていかれてはおらず、サンジはまたイスやらテーブルやら一から作るのだった。

さて最後に、サンジは大人になって保育園の先生になった。そして子供達に、「毎日ポストの中身はのぞくこと。部屋がどうしようもなく散《ち》らかっている時はむやみに外出しないこと。どうしても外出する時は、大事《だいじ》なものをしっかり屋根裏の隠し扉の奥へしまっておくこと」と教えたのだ。

すると半分以上の子供は、「手紙が来ないように家のポストを壊そう！」と言って、他《ほか》の六人は、「きちんと毎日部屋をかたづけます」と言って、でもたった一人は保育園の帰りに、「屋根裏に隠し扉を作るから、一緒に家に来て手伝って！」と言って、サンジのズボンを引っ張るのだった。

真っ赤な奴と真っ青な奴とサンジ

サンジが朝起きてカーテンを一度にシャーッと開けると、もうそれは貴重な真っ赤な空の朝で、サンジはすぐに飛び起きると、家の屋根の上にかけのぼった。

「真《ま》っ赤《か》な色は良い日の色！」

サンジはそう言って屋根の上に寝転んだ。

「真っ赤な空は良い日の空！」

サンジは勝手に決めつけて歌った。すると誰かが、

「そのとおり！」

と、悪そうな声で歌ったので、サンジは気分が壊れてフキゲンそうにムクッと起き上がった。

「あ！」

下を見ると家の玄関の前には、ああもう全身真《ま》っ青《さお》な奴が立っていて、サンジに気づくと、「おまえサンジかーっ!!」と、えらそうに手招《てまね》きした。

サンジは頭にきて、「まったく、やっぱり真っ赤がいいなぁ…」とつぶやいてから、そのまま屋根の上から地面に飛び下りていきなり殴《なぐ》りつけてやろう

かと思った。ところが何というか、そいつは近くで見るとなかなか謙虚《けんきょ》で立《りっ》派《ぱ》そうな顔つきをしている。

「おまえサンジか？」

サンジはそう聞かれて、グーにした手をパーにもどしてゆっくりうなずいた。

「なあおまえ、真っ赤な奴見なかったか？」

その全身真っ青な奴は触るのも嫌《いや》そうに、全身真っ赤な奴の写真をサンジに見せた。

「さあ、見ないなあ…。でも空は朝なのにきれいな真っ赤だぞ！」

サンジがうれしそうに言ったので、その真っ青な奴は、ああ、まるでわかってないなとやる気のなさそうに肩を落とした。

サンジはやっぱり腹の立つ奴だと思って家に帰ろうとした。

「まあ待て。おまえの家の屋根の色はずっと前から真っ青だからな。そこを見込んで頼みがある。それで今日は来たんだ。少しのあいだオレ達に協力してくれないか？　頼む！　あとで何か良い物やるから…！」

サンジは時々腹の立つ奴だと思ったが、少し考えてから、「まあ、仕方ないなあ…」と面倒くさそうに言うと、「きっと良い物くれよ! きっとだぞ!」と何度も念を押してから、言われたとおり赤いペンキと白のシャツを取りに家へ戻った。

一分《いっぷん》か十分《じゅっぷん》してサンジがまた外に戻ってくると、もうすでにその頃には真っ青な奴が百人は下らないといった感じでサンジの家の周りを囲んでいて、どの真っ青な奴も緊張《きんちょう》した様子でお互いに何か話したりしていた。

しばらくしてその中から、少し太めのヒゲをたくわえた一番えらそうな(やっぱりヒゲも真っ青な)奴がサンジに近づいてきた。

「ご協力ありがとうございます」

ヒゲの真っ青は礼儀正しく頭を下げると、サンジの持ってきたシャツを乱暴に取り上げて、自分が持ってきた青いペンキに勢いよく突っ込んだ。そしてサンジには赤いペンキを頭からかぶるように指示した。

「ええい、こうなったら…!」

サンジは何か良い物とはどんな物か想像しながら、赤いペンキを指示どおり頭から残らずかぶった。

その途端《とたん》、真っ青な奴達はいっせいにサンジの家の中や家の裏《うら》に隠《かく》れて、今度はサンジに辺りを走り回るように指示を出した。

良い物とは、屋根の上から真っ赤な空をのぞける双眼鏡だといいな、とサンジは思いながら、また指示どおり辺りを全速力で走った。

すると何か別の足音が聞こえてきて、サンジがチラッと真っ青な奴達の方を見てみると、真っ青な奴の一人がさっきの真っ青に染めたシャツを持って何かかまえているのが目に入った。

サンジにはどうもまだ真っ青な奴達が何をしようとしているのかわからなかった。

「おまえ、こんなところで何してるんだ？　真っ青な奴らに見つかったら捕まってしまうぞぅ!!」

突然耳もとで声がしてサンジが横を向くと、もうそれは怒り狂っているほど、もう本当に全身真っ赤な奴が並んで走っていた。

「おい、あんたは何を真っ赤にするんだ？　オレはサンジの家の屋根の色だ！

見てみろよ、あんな真っ青にして！　よかったら一緒に…、ん？　お前、見ない顔だなあ…」

　サンジはさっきから走り回っているうえに、この全身真っ赤な奴がいかにも疑《うたぐ》り深そうな顔でのぞき込んできたので、汗をかいてとうとう赤いペンキがはがれてきてしまった。

「お前誰だ!!　仲間じゃないな!!」

　サンジが、ああもうダメだ、私もこいつと同じ真っ赤な奴にされるんだなと思った時、サンジの手もとに真っ青な物が飛んできて、

「おいサンジ、それを真っ赤な奴に着せるんだ!!」

　と真っ青な奴の声がした。

「げっ!!　真っ青な奴らじゃないか!!」

　真っ赤な奴が真っ青な奴の群衆《ぐんしゅう》を見て慌てて逃げ出そうとしたので、サンジは急いで今飛んできた真っ青に染めたシャツを頭からかぶせてやった。

　これで真っ赤な奴のスピードはみるみる落ちて、たちまち真っ青な奴達に取り押さえられてしまった。そしてあんなに怒り狂っているほど真っ赤だっ

たのが、真っ青のシャツがすっかり染み込んで病気みたいなあおむらさき色になっていく。それは空を見ているみたいだとサンジは思った。

サンジがしばらくその様子を眺《なが》めていると、それに気づいてあのえらそうなヒゲの真っ青がニコニコしながら近づいてきた。

サンジは「あ！ 良い物くれるんだな、何かな？」と息を荒だてた。

「いやあ、ご協力ありがとうサンジ。真っ赤な奴はなあ、人数は少ないが足が速すぎていかん…。でもお前もなかなか速かったから良かったなあ！」

サンジはそうかそうかとうなずいた。

それからサンジは落ちつきなくえらそうなヒゲの真っ青の足もとや上着の少しふくらんだ部分をキョロキョロ探して、とうとうえらそうなヒゲの真っ青がポケットに手を入れたので、

「ああ、いよいよか！ やっと良い物くれるんだな！ 双眼鏡だといいな！」

と、サンジはますます息を荒だてた。ところがそれはハンカチをとって汗をふいただけで、サンジは物欲《ものほ》しそうにした顔を慌《あわ》てて両手で隠した。

でも、えらそうなヒゲの真っ青はしっかり笑って、

「わかった、わかった。約束だろ…」

とサンジの肩を人差し指《ひとさしゆび》でチョンチョンと叩《たた》いた。

周《まわ》りにいた真っ青な奴達も、

「いやいや、何とも…」

「一生懸命だね…」

「まったく…」

とクスクス笑ったので、サンジはますます汗をかいて、どうにも恥ずかしくなって、頭を叩くぐらいにかいた。

「それでは…、これが約束の良い物だ。遠慮《えんりょ》なく持っていけ！」

サンジはもうこの時ほど息がつまって腹が立って、青い物は全部真っ赤にしてやろうと思ったことはなかった。真っ青な奴が良い物と言って目の前に出したのは、さっき白いシャツを染める時に使った、ただの残った真っ青のペンキだったのだ。

「おい、何んだこれは！　いったいこれのどこが良い物なんだ!!」

サンジがまるで真っ赤な奴ぐらいに顔を真っ赤にして怒ったので、えらそうなヒゲの真っ青は少し嫌な顔をして、それでも、「まあまあ…」とサンジの肩をまたチョンチョンと叩いてから空についてのことをサンジに話した。

「まずオレ達真っ青が朝の空を担当するだろう？　そして夜は…、夜には真っ黒い大男の奴が真っ黒のじゅうたんで空をくるんでしまうだろぅ…」と、ここは声を低くして、「シイー…」と人差し指を口にあてて空を見上げると少し体を震わせながら言った。

「あの真っ赤な奴らは夕方の少しの時間しか出られないものだから腹を立てて、朝の空も海も人の家の屋根の色までも真っ赤にしようとしたんだ！　まったく、自分勝手で悪い奴だろう？　まったく朝の空も海も人の家の屋根の色も全部真っ青が一番いいに決まっているのにな!!」

　周りにいる真っ青な奴達もその話に聞き入って、いかにもまったくだという感じでおじぎをしたりうなずいたりしていた。それからしばらくするとどこからともなく拍手《はくしゅ》まで聞こえてきて、辺りは妙な雰囲気《ふんいき》に包《つつ》まれた。

　すっかり青むらさきになってしまった真っ赤な奴は、両手をしっかり捕まえられているので、両足で耳を押さえて絶対に聞くものかとしている。でも

サンジが、

「まったく、だったらケンカしないように真っ青な奴と真っ赤な奴で、一日ずつ交替《こうたい》して朝の空に出ればいいのにな!!」

と言ったので、真っ青な奴達は急にシーンとなって、何ともきまり悪そうに帰っていった。

するとと真っ赤な奴は両足を耳から離して、

「そのとおり!!」

とたいへん良さそうな声で言ったのだった。それを聞いてサンジは、

「やあ、今朝《けさ》の悪そうな声はおまえだったのか、でも今の声は良さそうだったぞ」

とほめてから気分良く家に帰ると、屋根はもちろん家全部を真っ赤に塗りかえたのだった。

さて最後に、サンジは大人になって保育園の先生になった。そして子供達に、「だいたいが朝の空で、真っ青な奴達は威張《いば》っているから、真っ赤な奴の

味方になるとおもしろい。真っ赤なシャツを真っ青な奴の頭からかぶせてみるのもなおおもしろい！」と教えたのだ。

それを聞いて子供達は全員真っ赤なペンキの中に着ていた服を突っ込むと、残りのペンキで保育園の屋根まで真っ赤に塗りかえた。もちろんサンジも真っ赤なペンキを頭からかぶって、子供達と一緒にそこらじゅうを走りまわった。

その中にあの真っ赤な奴がこっそり混《ま》じっていて、

「あれからすっかり真っ青にされてな。そこからやっとの思いであおむらさきの森まで逃げ込んだんだ。それで次はもっと赤くなるためにあかむらさきの山に登ろうとしたんだ。そしたら、間違えてあおみどりの山に登ってしまってなあ、もうダメかと思ったら突然妙なデンチュウが飛んできてな、そいつらの真似《まね》をしてあかむらさきまみれになれたんだ。それでだいぶ元気が出てきて、あかむらさきの山をみつけて、その山を越《こ》えた時には真っ赤に戻れたんだ。大変だったよ…!!」

サンジは走りながらだったので、半分以上聞きとれなかった。それでも真っ赤な奴は満足そうにまた子供達にまぎれていなくなってしまった。

そうして保育園中の真っ青な色が消えてほとんどが真っ赤になった時、保育園の上の朝の空も貴重なほど真っ赤になった。

著者プロフィール

宮村 真治（みやむら しんじ）

1978年　福岡県香椎《かしい》生まれ。

ヲンネヒョルゲンブックサンジ

2001年11月15日　初版第1刷発行

著　者　宮村 真治
発行者　瓜谷 綱延
発行所　株式会社 文芸社
〒112-0004　東京都文京区後楽2-23-12
電話　03-3814-1177（代表）
03-3814-2455（営業）
振替　00190-8-728265
印刷所　株式会社 平河工業社

ISBN4-8355-2745-3 C0093